U0054743

流失里

文刀莎拉——著

獻給父親　劉達勳　先生

「我們都在一座移動島嶼上，除了自己心裡的經緯度，無法窺知他人內心的。

那麼就在自己的經緯度上，好好過自己的日子，並且要積極且快樂著！」

流失里　里長

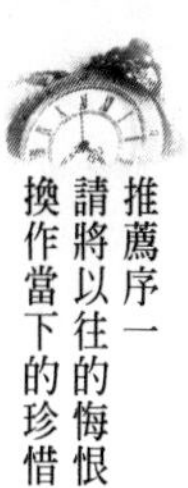

推薦序一

請將以往的悔恨換作當下的珍惜

孫國欽（吉時國際娛樂傳媒公司董事長、電影〔雞排英雄〕、〔陣頭〕、〔逗陣ㄟ〕出品人／監製）

故事可以是一篇篇感動人心的文章，歌曲可以是一首首撼動人心的旋律，但對於我們來說，內心情感裡的七情六慾，這些歷練過才知的酸甜苦辣，都深深的將你我不自覺地綑綁在一起，儘管你我不相識，但經歷過相似的經驗，有著相似的過往，我們就也有相似的心情寫照！

書中主人翁「時計」，是流失里失物招領所里民，在每一次的失物歸還任務時，心中總有這物件的歸回是否讓所擁有者會真的想要回或更不想面對的念頭……

這不也是你我也有不想面對的人生情感課題嗎？

人，總在失去後才懂得珍惜與回顧。

有時候情感在自己內心裡，那一時間的心念與執著，若無法在彼此間好好溝通與運作，是否就帶來了波折與轉變？

有生之年，若能讓你有機會彌補時，請將以往的悔恨換作當下的珍惜，珍惜你我眼前的所有人、所有事、所有物，那也才是珍惜自己的一種體現！

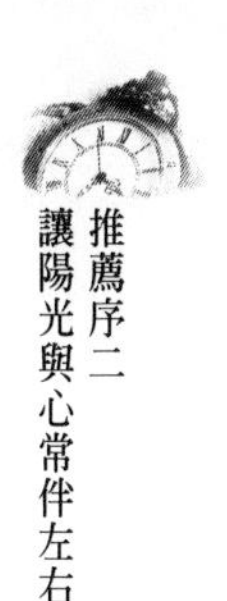

推薦序二

讓陽光與心常伴左右！

Monalisa（1881TPWS讀書會班長）

俐落的短髮與冷靜的笑容是我對她的第一個印象，也是後來不變的印象。她說話的音量、表情，與做事方式，如同我對她的第一個印象一樣，俐落並且冷靜。那麼女人應該有的柔軟與感性呢？在認識她的三年時空裡，我想她是小心地藏起來，絕對沒有流失！

離開上海一年多的她，返台後有一陣子無聲無息，上個月某天說有事找，見面竟告知，她寫了一本小說，問我是否有可能在上海開場讀書會，如此快且有效率，是讓我有點驚訝，但也開心祝福！從拿到稿子開始閱讀起那一刻，在故事中彷彿的看到了一些相識的人或一同閱讀過的內容，但又不是真的相似，心中閃過的一個念頭是，為曾經如此熟悉的友人寫序真的有點怪！一邊閱讀

著，一邊腦子中不停地閃過過往相處的種種……。她是有才氣和執行力的，每每我們討論一些工作，她可以快速抓住重點並完成，在討論的過程中飛來的幾句，真的就像是書中的時計——Time在喃喃自語！

文章中不免令我聯想我所認識的文刀莎拉，她像在愛丁堡幫妹妹看守小咖啡館，觀察力十足的老闆娘Kate，也像流失里新接手還回失物工作的時計Time。印象中守護與幫助是她的個性，有計劃的進修與學習，加上冷靜的觀察和俐落的執行，短時間創作了這本流失里的故事，是驚豔但也理所當然！看到內容中有上海，心想或許是我們這群怪怪的女生不小心的給了她一點點感覺，或是激發了她的靈感，也或許我們不小心進到了她的文字創作中！

曾經，在週末假日之餘聚會一起聽聽演講，互相噓寒問暖。我們共同成就了幾場讀書會，也經歷了一些事，是這樣的機緣讓我有榮幸在她的創作尚未出版前看到，並寫下這篇序。期待並祝福她在文字創作中找到另一個有趣的空間，而真實生活中也擁有親情與愛情而多彩多姿，讓陽光與心常伴左右！

目次

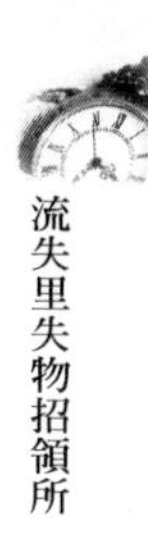

流失里失物招領所

今天我穿著自己最喜愛的綠色短褲、白色印著粉紅鳥的短袖棉上衣，騎著那台里長幫我新申請的里民自行車，一路往住宅區外那條最長的山坡路騎，小腿開始痠痛，因為很久沒運動，小腿沒有力氣，還好新的自行車有變速器，換到一檔慢慢用力往上騎，終於騎到路的頂點，也是最高點「流失里失物招領所」。

我住在流失里，一個郵差沒有辦法送包裏信件到達的地址，實際上也沒有確切的地址

我住在流失里，一個郵差沒有辦法送包裹信件到達的地址，實際上也沒

有確切的地址，因為一般人也看不見我們里民住的地方，但我是會到隔壁里的7-11去取網路購物商品，小時候還到隔壁鄉鎮去上學，戶籍地址都登記在「流失里基金會」在隔壁鄉鎮所擁有的大樓。

昨天晚上「流失里失物招領所」又響起鐘聲，一大早里長就到我家敲門，這個月又輪到我值班了。

「里長，這個月每次都是我……」

「雍奇出國旅遊去了，子薇那幅畫還沒畫完，政璋還在實驗失物新通道，……只能拜託你了！」里長沙啞的聲音配合他的手指頭數數兒，演戲給我看，一種諜對諜的狀態。是啊！我現在是無業遊民，正是全里最閒散的人。

「但我的自行車摔壞了……」我使出殺手鐧。

「我知道，所以特別幫你申請了一台有變速的新車喔，比你之前那台好騎多了！」里長露出一副都是為我好的表情。但眼神完全透露出：「我就知道你會拿自行車當擋箭牌」的得意光芒。

我們的小小裡面積不大，因為特殊的因素，只要小丘陵頂上的大鐘自動響起鐘聲，我們就得來看看到底有什麼失物掉進「流失里失物招領所」，這就是為何現在我不得不用力踏著自行車，出現在「流失里失物招領所」的原因了。

「流失里失物招領所」原來是我們里民的聚會堂，我們在重要節日、新年，會在這裡辦舞會，但後來某日，里長在聚會堂屋頂上裝了一座鐘，但到現在里長都一直還不願意告訴我原由。

這座鐘是哪裡來的？為何要裝上鐘？為什麼裝上以後我們住的里別人就看不見？為什麼我們聽到鐘聲，就要去履行里長說的：「這是我們里民天賦的責任。」聽說以前有些里中的老輩知道原因，中壯年的人也問過里長，但那都是好久以前的事，到我們這一輩，已經當作傳統傳承下來，我想過要追問里長，但我天生是懶惰的人，個性很像隨著大家擺動的草，風吹往哪就往哪，所以也沒有一直到處追問。總之，長輩交代的事就去做，該讓我知道的時候，他們自然會告訴我。

不過，你一定會好奇，我們那些長輩已經幾歲啦？好像從這個里開始存在，他們就在了。那麼我們里到底存在多久了呢？這是祕密！我知道也不想

告訴外人。

既然這些人不愛惜他們遺失的東西，我們何必又要千辛萬苦？有時候還要長途跋涉的把失物送到這些人手上？

我拿出那把古舊的銅製鑰匙，旋開鎖，推開厚重的木門，透過彩色玻璃折射進失物招領所的光映入我的眼簾。失物招領所空間很簡單，因為兼做里民重要節日的聚會場所，所以中間有個圓形舞台，沒有高度，只用大理石拼花拼出圓形的區域，然後旁邊有靠牆壁擺放可移動的座椅，聚會時可以把椅子排在中間，平常就靠牆放，空間中還有幾個裝飾的石柱，純粹塑造華麗莊嚴的效果，里民也在上面貼上藝術畫作，活動照片等等。

我喜歡失物招領所的彩色玻璃，更喜歡那些透進來的光，感覺一切都很平靜、那一道道彩色的光，甚至彷彿伴隨著水晶碰撞的聲音，會讓我感到喜悅幸福，我常會在裡面逗留幾個小時再離開。

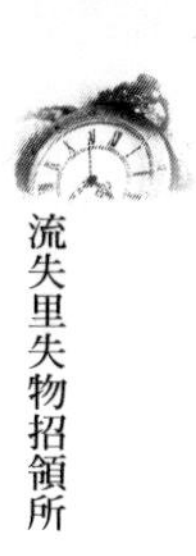

不過這還不足以讓我有動力一個月內騎上好幾次長陡坡，來到「流失里失物招領所」，收下世界上不知哪個角落裡的某個人遺失的東西，並且送回他的失物。

我抱怨的原因是，既然這些人不愛惜他們遺失的東西，我們何必又要千辛萬苦？有時候還要長途跋涉的把失物送到這些人手上，實在不懂啊！我常跟里長抱怨這點，為何我們要扮演類似聖誕老公公的角色，而且這個聖誕老公公不是送禮物給他們，而是送回他們忘記、不要、隨手無心亂丟的東西呢？

里長只是笑笑，並且露出你年紀還小啦，現在不懂啦的表情。碰到這種時候，我就有種吃烤肉卻沒吃到想吃的那種肉，或是被蚊子咬到一直抓，愈抓愈癢的感覺。

*****

今天「流失里失物招領所」的圓舞台地上躺著一個芭比娃娃，娃娃還在粉

紅色的包裝盒裡，沒有拆開。我一看到馬上自言自語起來：「是哪個頑皮的小孩，竟然把新買的娃娃搞丟，她爸媽應該把她痛罵一頓了吧？」

我把粉紅芭比娃娃裝進後背包，稍微把失物招領所打掃一下，灰塵擦一擦關上門，迎著正午的烈陽，騎上單車滑下長陡坡，一路飆去里長家，里長正在吃午餐。

我自動擠進里長家的餐廳，拿起空碗添滿飯，就夾菜配飯吃了起來，里長無奈搖搖頭，問我：「這次的遺失物是什麼？」

我含著一口飯，來不及咀嚼就回答他：「有個小屁孩不愛護她爸媽送她的新玩具，把它弄丟了！」

「嗯……」里長沉默，陷入思考的狀態。我自顧自大口吃著里長桌上的飯菜，里長的手藝真好，桌上的菜太美味了，每次到失物招領所拿回失物，我一定會在里長家吃一餐霸王餐。里長雖然是獨居老翁，但壯得跟年輕人一樣，平常只聽古典音樂，現在音響正在播放巴哈第十四號鋼琴奏鳴曲，休閒娛樂就是海釣、慢跑、聽音樂、烹飪。現在若有所思的樣子，還挺帥的。大概胡思亂想

都容易嗆到，我不小心被炸過的小魚干卡到喉嚨，開始嗆咳，里長趕快倒杯水給我，然後直直地看著我，對我說：「你心電感應嗎？怎麼知道我要派任務給你？」

「啥？我只是嗆到！是要派什麼任務給我？我才剛拿回失物招領所的東西啊！又有工作？」我一副不公平的眼神回看里長。

「我想派你送回這件失物！」聽完里長的話，我忽然聽到音響播放的音樂，變成馬勒的悲愴交響曲。

「里民天賦的責任」其實是有很大的苦衷

「這不是一向都是我哥雍奇他們的工作啊？」我非常怕里長把重任丟給我，一方面是因為我從沒做過，千頭萬緒不知從哪裡開始，另一個主要原因是我真的、很、懶、惰！我從隔壁里的高中畢業、隔壁省的省立大學畢業後，就沒有找工作，因為我只想待在家睡覺、吃飯、吃飯、睡覺。我知道流失里跟外面的世界不同，所以就算我不工作，長輩們也不會對我有特別意見，因為流失里就是與外面世界隔離，沒有世俗的約束，里民自給自足、物資充分，只差男生沒有名車、女生沒有名牌包。

「也該到時機了，該派你去做還回失物的工作啦！」

「我不想、也不願意！」我趕快把剩下的飯扒完，起身準備要走了。

「來杯手沖咖啡嗎？」里長使出我無法拒絕的手段，因為里長的手沖咖啡，是我認為世界上最好喝的咖啡。

「好呀！好呀！」我立刻又坐了下來，這一轉念就錯了，但我該後悔嗎？

「時計，你知道為何我們里會叫做流失里？流失里又為何變成現在這種狀態？」里長邊磨咖啡豆邊回頭問我。

「以前問你，你也不願意說，我爸、我哥也懶得告訴我。」里長終於願意告訴我流失里的重要祕密了。

「很久以前，有一段時間，郵差老是找不到我們里的正確位置，包裏信件總要碰運氣，郵差找得到才送得到。里民都覺得這只是郵差偷懶的理由，直到有些里民出去工作或求學一段時間，要回來時也常找不到正確位置。不知道是因為地球磁力的影響還是我們里的所在地盤變動，總之，就好像是整個里隱形一樣，里民因為出去再回來常找不到家，就不太敢出門。」這聽來像是童話故事的症狀，但確實發生在流失里，我們的里民出門，真的得靠特殊定位系統，才能回得來。

「某天清晨，有位陌生老先生，突然走進里辦公室（就是里長家）對我說：『接受這個里的特殊命運吧！改名流失里，送回一千件遺失的失物，就能恢復原狀。』所以就變成現在這個樣子。」里長說完摸摸下巴一小撮鬍子。

「隨便來位老先生，隨便說說，你就相信了？」我覺得里長根本是隨便編個故事敷衍我。

不管我相不相信，都沒辦法改變整座里在地圖上遺失的狀態，那還不如相信他！

「不管我相不相信，都沒辦法改變整座里在地圖上遺失的狀態，那還不如相信他！至少有一半的機會回復原狀，不是嗎？」里長無奈的笑著看我。

「所以我們里以前叫什麼名字？」原來我們里的名稱還改過，今天全部徹底問個清楚。

「留時里，留住的留、時間的時。」里長意味深長的回答我。

「……」我無言，不管是哪個名字，都像詛咒一般的應驗了，時間在流失

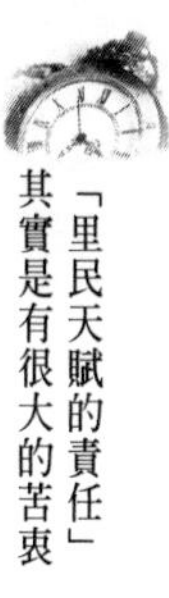

里沒有任何意義。流失里很年輕，到我是第二代，我們雖然會長大變老，但到了五十歲，就不會更老，大概是因為仍要執行還回失物的工作。還有，我們幾乎很難再生養下一代，因為我們少數的女性部分到達不會再生育的年紀。很老的一輩都遵從生男傳宗接代，如果生女怕養不起，小時候就送給鄰里或遠村想養女兒的親戚，在開始里民的命運任務之後，流失里年輕這一代，便幾乎都是男性，剩下的女性例如子薇是我嫂嫂，一直沒有生育，子梅嫁過里民二次，也沒有要生育下一代的消息，其他少數女性村民似乎面臨同樣問題，低到近乎0的生育率。怕流失里的祕密外傳，我們也絕不與里外的人通婚，我們還真把某個時間段，永遠留在這了。

「那麼……還算年輕人的你，願意接下這份工作嗎？」里長眼睛踏實堅定地看著我，他知道我一定會答應。已經二十八歲的我點點頭，當作回應。

流失里失物招領所登記本

里長拿出一本厚厚的筆記本，翻到這個月的登記頁，第三行寫著：今日遺失物／芭比娃娃，附完整包裝盒。我睜大眼睛不可思議的看著那行字，再看看里長。

「里長你早就知道今天會撿回什麼東西？」

里長點點頭：「都只能知道當月的。」

「過去二十年來，早期一年不到五十件，近年來數量愈來愈多，我們里已經替大家還回將近五百多件遺失物了！」

「還有四百多件？那要還到什麼時候？大家還真有耐性！」里民也就五千多人，但不是每個人都幫忙還回失物這些工作，大家各司其職，種菜的、種稻的、炒股票的、管理流失里基金會財產的、開雜貨店的、物業管理等等，所以如果僅是十分之一的人從事遺失物處理工作，應該會很容易工作疲乏吧？

里長大概看到我凝視那登記本，看得出神的表情，拍拍我的肩膀說到：

「現在，你明白，為何我要開始把還回失物的工作交給你了吧！」

瑞士的天才阿敏

根據里長的那本遺失物登記本，這個芭比娃娃來自英國愛丁堡。英國這個國家，我只去過倫敦蜻蜓點水，逛下大笨鐘附近跟遠遠望著那座號稱London Eye倫敦眼的摩天輪，去海德堡公園晃晃，就轉機到瑞士去了。那次去歐洲，只是為了去找鄰居阿敏玩，因為他在歐洲念酒店管理。他是我們里的天才，總是有一大堆怪點子，小時候我最愛跟他混在一起，因為每天都會有異想不到的好玩事情可做。

那次我到瑞士，特別問他：「你念酒店管理做啥？我們里又沒有酒店，除非你離開里去別的地方工作。」他的回答很妙，我們的里那麼特別，整座里可以當作一個酒店園區管理，以後他要選里長，把資產活化。我滿腹不解，問他：「什麼資產？」他露出一副愛財土豪地主已經賺飽飽的表情說：「隨時移動的流失里遊樂園，預約才能獲得傳送GPS座標，團費美金一萬元起跳，附贈里民特製有機小麥麵包。」我一把揮向他，狠狠賞他一巴掌！「你敢把這寫入論文，我叫里長把你逐出家門！」

他全身肥肉起顫狂笑，騙你的啦，然後把手裡啤酒一飲而盡。

「是我們里給了我靈感，我想請里長動用里民基金，讓我去買一座世界地圖上並不特別標示的小島，然後把這個遺失樂園方案付諸實踐，我相信一定可已經營成功，這世界上有多少人想遺世獨立？這個遺失樂園剛好可以讓這些人消失幾天，再回到自己崗位去。你覺得這樣如何？」他果然是怪才，盡想些天外浮雲才有的想法。

這次我去愛丁堡，順路又去瑞士找他。

*****

在蘇黎士機場出關後，遠遠就看見阿敏揮著手，他學生時代的長髮剪短

了，染了個金灰色，挺立的五官跟肥肉有點多的高大身材，遠遠看，還真融入西方人的世界。

阿敏一見到我，就拉著我的領子，一副抓小貓的態勢，另一手把我的行李搶拉過去！

緊跟在阿敏旁邊、是一位我沒見過的東方人，眼睛睜大的看著阿敏問到：「這位是？」

「我親愛的！」阿敏瘋癲大笑回答他。

「您好，我是魏民，郭老闆的助理。」

「您好！叫我時計就好！」我伸出手，與他握手。細緻溫暖、手心有點肉，握起來很舒服，想必出身好人家。這是我個人對於與他人握手的想法，但有時候像隔壁里的有錢地主，手握起來可是硬得跟石頭一樣，所以完全出自個人成見。

「魏民是公司聘僱的實習高材生，家族可是中國上海的有錢商人喔！」阿敏眼睛瞇成一條縫，好像在介紹什麼祕密人物出場。

我斜眼瞪他，問魏民：「你老闆今天帶你來機場接機，都沒告訴你要接誰？這個誰來的目的是什麼嗎？」

魏民聳聳肩，尷尬的微笑。

「那你跟著他，可能學不到什麼東西呢！」我安慰地拍拍他的肩。

阿敏跟上來，又拉住我的領子，「小時計，別這樣說嘛！你不是一直誇讚我是天才，至少他可以學到我的奇才阿！」我再次對阿敏翻白眼，他的缺點就是做事毫無組織性，一團散亂，想到那做到哪，跟著他的助理，應該疲於奔命。

*****

阿敏的公司在瑞士成立後，我一直都沒來過，他畢業後從學校宿舍搬出來的住處，我也不知道在哪，這是睽違五年後，我第一次到瑞士找他。所以當車子停在湖區，我驚訝得說不出話來。「阿敏，你老實說，你有濫用公款嗎？」

「臭時計，當然沒有！你又不是不了解我，竟然問我這種問題！」

日內瓦湖泛動的湖光風景，遠遠在他的住處窗前，美極了。

「顯然你的生意做得很好啊？」

阿敏笑著遞給我一瓶冰啤酒，「里長都沒跟你們說嗎？我可是幫里賺了不少錢，不過這個住處是租賃的，我沒那麼多錢買這裡的房子。租這裡當住處，總是生意的排場之一啦！」

魏民正在打電話訂一家中國餐館，聽說這裡的中國餐館都很貴，但他想我們東方人應該比較習慣吃中國菜。他訂好餐廳，回頭報告阿敏，並且問我「時計，您有什麼不吃的嗎？我先跟餐廳交代下！」

阿敏不置可否，眼睛看向我，我微笑著回魏民：「我就是不愛吃鴿子之類的飛禽。但是雞肉類食物不忌口。其他沒有特別禁忌。」

阿敏在旁邊仰頭灌著啤酒，一邊竊笑！

「我親愛的小時計小時候養過鴿子，結果鴿子長大翅膀硬了就全飛走了，他被放鴿子！哈哈！」

「他果然是超級損友！」我在心裡喃喃自語。

我小時候的確養過鴿子，但有些鴿子常常飛出去就飛不回來了，最後只剩下個位數不到，哥哥叫我不要養了。他說流失里在地球上座標會浮動，鴿子當然找不到回來的路徑，連里民回家都要拿著衛星定位才回得了家，還把鴿子做成晚餐，讓我連哭了一星期。

魏民在一旁皮笑肉不笑，大概心裡在想，老闆說的不明所以冷笑話，到底該不該配合著笑一下？

*****

阿敏當初提的「移動島嶼樂園計畫」，受到里民大家的支持，獲得流失里基金會創業基金，成立「地圖之外旅行社」。他們在大西洋買了一座小小島嶼，命名為「移動島嶼樂園」。旅客必須預約，通過嚴格的條件審核才能參加行程，也才能獲得島嶼座標然後依照導覽規定準備私人物品，旅行社會安排私

人飛機運送這些旅客進出島嶼，整個行程從二周到一個月，報名參加的人每三年才能再重複報名一次。所以「移動島嶼樂園」的更新改造就是每三年一次。這三年內同時接送招待旅客，還要同時計畫三年後的改造計畫，規劃新的遊覽項目與行程，所以一開始設立這家公司，阿敏就進入全時段工作狀態，幾乎是不眠不夜的工作。

至於公司為何要設在瑞士，因為目標旅客是歐洲或與歐洲有地緣關係的豪客，阿敏既然在這裡讀餐飲管理，他熟悉習慣瑞士，就設在瑞士了。

去年是剛開張的第一年，公司就已經回本了，今年則是進入賺錢的一年。但阿敏預估，第四年改造的一年，可能還要投入第三年賺得的資金，所已經營起來也是辛苦的。但能夠不用擔心創業資金，把自己的想法付諸實踐，投入真實的旅遊市場，他認為自己比一般人幸福太多了。

*****

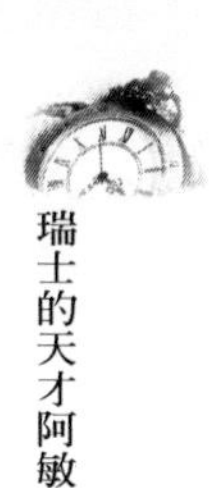

晚餐在魏民以前打工的中國餐廳，老闆跟老闆娘是馬來西亞籍的華人，很多年前來瑞士讀書、談戀愛、結婚，後來乾脆在瑞士深耕，一起開起餐廳來了。

蘇黎世的八月，天氣已經涼了起來，溫度只有一八至二十度左右。這家中國餐館上菜的方式很有趣，每一道菜下都有保溫的小蠟燭點著，老闆說中國菜就是要熱熱吃，如果上菜後擺放一陣子，用餐的人顧著說話，菜涼了就不好吃了。多了一點小學問，餐具的設計多了貼心與不同，每道菜價格就比別家餐廳貴了許多，客人也多是有點錢的歐洲人。

因為魏民曾經在這打工，所以老闆有著華人特有的念舊溫情，送我們一瓶紅酒配著咕咾肉、青椒炒牛肉、三杯雞、豆腐乳炒空心菜，好酒好菜，賓主都很開心。大概因為酒精的關係，常常自然嗨的阿敏，比平常更嗨了！

魏民席間偷偷問我，說他常聽老闆說這家公司的創業基金是來自流失里基金會，是老闆家鄉里民所集資成立的基金，但問老闆這個里在哪？他從來都說不清楚，笑問我，他老闆是不是很想逃離他那個從小生活的里，不然為何老是

說不清楚那個里到底是在哪？我聽完笑而不答。

我問魏民：「聽阿敏說，你來自上海商人世家？要回去接家業嗎？」

「也不算世家，就是我老爸開的貿易公司賺到機會財，剛好在中國經濟上升的時代。我爸應該希望我留在這別回去，在國外也開家貿易公司，兩邊互通有無。」皮膚白皙、面貌姣好、身材適中，算是白富帥，跟這樣的人聊天很愉快，在人際關係裡，他佔了很多先天優勢。我在流失里那個小世界待久了，魏民看起來賞心悅目，是可以讓我心思蕩漾的人。

可惜，我自認不太正常，對於男女歡愛，我常常後退好幾百步。

阿敏跟餐館老闆愈聊愈開心，聲量也更大些了，我隱約聽到他談到流失里的地理位置一般人在地圖上絕對找不到！對於不該出現的話題，我的耳朵瞬間變得接收清晰，我立刻站起來假裝要去洗手間，拉起阿敏的袖子，撒嬌要他陪我去洗手間。

「你控制不住自己的嘴巴嗎？這樣隨便喝點酒就要說漏嘴！平常我們不在你身邊，你都說給多少人聽啦？」他個頭力氣都大，我用盡全身力氣壓住他的

上半身貼向洗手間的牆壁，一隻手用力捏住他的嘴，氣到臉紅脖子粗！

阿敏的酒瞬間退了，他眼睛睜大、嘴巴張開，然後虛弱的回我：「對不起，今天你來我太高興了，有點得意忘形……」

「等下你要怎麼把話題轉開？」我是目的導向，只要問題解決，其他發生的事就無所謂了。

「移動島嶼樂園，第四年改名流失島嶼樂園，創造更多話題，這樣可以嗎？」我無奈地攤開雙手，「只能這樣了，明天你最好打個電話自己跟里長報告。」

我跟阿敏從洗手間一起出來，裝瘋賣傻的跟大家說今天喝多了，才會吵著要阿敏陪我一起上廁所……。魏民長睫毛下的大眼睛，透著奇怪的眼神看著我們，倒是餐廳老闆沒發現異狀，鬧著阿敏把剛才那個地圖上找不到的話題繼續。我在一旁偷聽阿敏怎麼述說，邏輯上沒有漏失，就漸漸放心起來，魏民轉頭問我：「我從來沒聽說老闆要把移動島嶼樂園改名的事，現在才知道。」

「是阿，你可是聽到第一手消息喔！」然後我立刻又開始跟魏民嘻嘻哈哈

亂聊，不讓他有機會再追問。倒是他自己解釋起來，「是為了感謝流失里基金會嗎？」我覺得他距離流失里太近了！不免有點擔心。

里民不應該都困在里裡，每個人都有自己的夢想，如果有機會能去實踐，就大膽地去冒險。

「流失里」的人散布世界各地，其實要感謝里長的體貼。他認為里民不應該都困在里裡，每個人都有自己的夢想，如果有機會能去實踐，就大膽地去冒險。即使沒有新生代可以延續這份里民天職，他也不強迫大家接受。甚至像阿敏這樣，他還願意讓里民表決是否要贊助阿敏的事業。有里長在，我們是幸福的。

或許是因為常常看到各種失物遺失有著千奇百怪的理由，所以里長對於人生這件事，看得特別透徹。而那些長期執行還回失物工作，年紀停在五十歲的長輩們，也都一樣，總是脾氣好、常帶微笑、穩如泰山，不易被激怒。小時候

我常視他們的好脾氣為理所當然，年輕氣盛時常搞不懂他們如何做到的，但現在我好像有點懂了。我們在里長與這些長輩的保護下，能夠自在的生活，甚至還可以開創自己的事業，深深覺得自己很幸運。

愛丁堡的芭比娃娃

留在瑞士的那幾天，阿敏幫我把里長給我的資料整理一下，他說現在正是愛丁堡每年八月的嘉年華「The Edinburgh International Festival愛丁堡國際藝術節」，人潮很多，擔心我的工作要完成不是那麼容易。

阿敏問我：「時計，你確定那些遺失東西的人，真的會想要拿回失物嗎？也許那正是他們不想要的，不想面對的！而我們堅持要把東西還給他們，逼迫他們面對自己不想面對的事物，是不是太殘忍了？」

我無法回答他的問題，因為我才剛開始我的第一件還回失物工作，而他的問題我從來沒有想過，只抱怨過何必多此一舉。

我問他：「阿敏，你有遺失過什麼特別的東西嗎？你懷念卻遺失不見的？或是你心心念念卻故意遺忘的東西？」

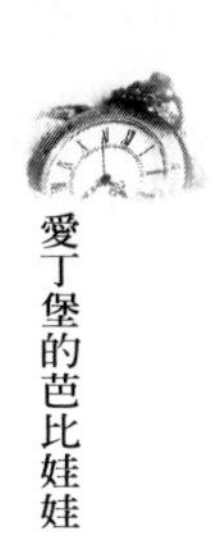

「流失里上的時計，所以我現在待在瑞士！」阿敏眼睛堅定地望著我。

我懂！我真的懂他的心，但我知道自己無法回應他，我很喜歡他，非常！但就是差一點，那一點點的差距，是我自己還要再確認明白的東西。所以只能裝傻的一拳頭輕捶他的胸，笑答：「等我忙完，再經過瑞士來找你。」

常常理所當然的想法，並不真是如此，反而有出人意表的發展！不是理所當然的事情，卻又自然的理所當然。

愛丁堡的八月，已經冷到只剩攝氏十五度，我這種長期生活在熱帶氣候區域的人，實在不太習慣。早上已經灌一大杯熱咖啡，現在愛丁堡古城堡附近走動，還是覺得冷風颼颼。八月的國際藝術節，街上很多行動藝術表演者。里長一大早就傳了簡訊給我：「芭比娃娃失物主人，會扮演芭比娃娃！」乍看還真像廢話，跟芭比娃娃有相關係，好像理所當然會扮演芭比娃娃！

但是如果沒有里長傳的這封簡訊，只有先前的資料：失物主是藝術表演工作者。我會理所當然覺得失物主人會扮演芭比娃娃嗎？還是他是一位母親或是父親，要買給孩子的玩具卻不小心搞丟了？於是我會跑到劇場、劇場附近的玩具賣場去到處詢問，有人丟失了芭比娃娃嗎？

常常理所當然的想法，並不真是如此，反而有出人意表的發展！不是理所當然的事情，卻又自然的理所當然。

*****

我覺得我們「流失里」的遭遇，至少到目前為止，我們視為理所當然的事情，在外人眼裡，都是超乎常理，不是其他人現實世界中會發生的事，我們自有我們的祕密。就像正常世界裡，每個人也有每個人想要保存、拚命守護的祕密！

當我在家天馬行空發呆時，也常在想，世界上也許還有其他的地方跟我們

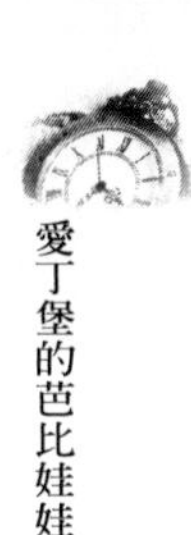

「流失里」一樣，受到奇怪影響而擔負著什麼使命，或因為抗拒使命，正在地球其他角落裡努力著？或頹廢著？

這就像地球上的人，常會遙望星空，想著宇宙中是否有其他生物？

太空人在宇宙中的探索，跟我們里民正在做得事情，有幾分相似——沒有前例的探索，以及「發現」這件事情發生了以後，或「還回失物以後」會有什麼影響，並不清楚。

這就像很多電影主題是外星人的電影，總會恐懼的把外星人想成殺戮者，把地球人當作牲口屠殺當作食物，也是因為某種恐懼感。

如果我們把失物都還給失物主之後，「流失里」會不會從此不見，變成失去里呢？

還是真會如同里長告訴我的，還回失物一千件後，我們就會回覆與一般人一樣的時間與生活呢？而流失里的里民，每個人都真的想回復原來正常的時間軌道？或過著與一般人相同所謂的正常生活嗎？

這是我對未來的懷疑與擔憂，我在猜其他里民是否有跟我一樣的思緒？

成長期間，我無時無刻不在胡思亂想，但看看那些長輩及兄長姊妹都活得很好，也就安逸地過生活，況且之前在里閒晃，吃飽睡、睡飽吃，日子真的很悠哉！常常忍不住跟哥哥政璋開玩笑說：「感謝主！讓我們這樣懶惰的活著！」實際上，我們還都真的相信這世界有「主」、「神」之類的，否則「流失里」為何是這種存在狀態呢？

*****

拿著芭比娃娃，一手舉著熱咖啡，我在愛丁堡城堡附近邊走邊喝，腦袋裡胡思亂想，邊看著各個劇院的海報，如果晚上有空，剛好可以趁機會去看場舞台劇。前面一家劇院，正好有實驗劇表演，海報表示整場表演皆是全裸，我當然不是什麼特別有文藝氣息的藝術愛好者，純粹是湊熱鬧找新鮮事情來做。

走到公園附近，一整排表演藝術，扮演歌舞劇「貓」裡的那些貓跟性格特徵清楚的虎克船長比較多，還有扮演宮廷弄臣的小丑在表演魔術，玩火雜耍團

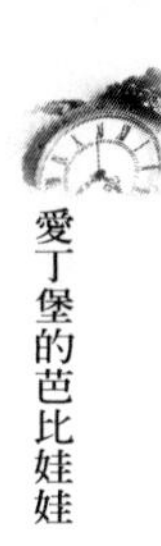

等等。突然中間出現一位芭比娃娃，我靠過去，還沒想清楚要怎麼做，拿著芭比娃娃那隻手已經舉起來了，直接把娃娃湊近對方，但是對方沒有特別反應，只用眼睛看了下，然後用類似娃娃的假笑面對我。那應該不是她囉？然後我才發現自己蠻沒禮貌的，而且我像個無腦人，做事情都是行動在前、思考在後，真是糟糕！

還好里長沒發現我的大缺點，否則這種需要深思熟慮的工作，怎麼敢交給我啊？不過我也真的不是自願要做這份工作就是了。凡事不牢靠，其實是我對自己的內心對話，舉凡要細心而為的事，我總是粗心大意，常常一點小細節就壞了一件需要完美的事。只是里民們都不太了解，只有跟我一起讀書的同學清楚，我是看起來聰明非凡、細心無比，其實就是個傻大姐。需要小組合作的事情，跟我同一組，就要持續關注我的動態，才不會出錯。

晃了一圈，扮成芭比娃娃的只有一個，沒有其他人了，今天工作只好先到這，讓自己提前下班，跑去看那場全裸實驗劇，覺得這份工作真不賴，還能兼具旅遊休閒，真心感到滿足與開心。

*****

劇院的表演開始了，故事是敘述四位白天與晚上生活完全衝突的男人，如何在夜晚的生活中解放白天的壓抑。其中一位自此有了扮女裝成癮症，可惜他沒有打扮成芭比娃娃，所以不會是我的失物主。另一位則是超級沙發馬鈴薯，但又伴隨糖尿病，常常半夜就得由家人叫救護車到醫院急救，墮入某種不想改善的惡性循環中，另一位則是常見的渣男，經常流連酒吧酗酒，造成白日工作無法正常持續，近乎進程到街頭遊民的地步，最後一位則是自殘，自殘的方式是自己給自己紋身，好可怕的劇情，而紋身男的工作是教師，所以他總是把自己全身包得很緊，結果全裸畫面沒多少啊！

最後，牧師出現了，演到這，我感覺自己踏入一場最不喜愛的戲劇中，原來這是教會出演的實驗劇！我根本被海報那幾個「全裸演出」的大字騙了！

「全裸演出」就等於「實驗劇」嗎？深深的不以為然，而且我最怕宣教式的戲劇，因為信仰必須由心自發，宣教式的任何傳播都讓人感到不舒服，因為那不是真誠信仰、得到救贖的方式，至少我是這麼認為。回到旅館，我打對方付費電話給阿敏，跟他講晚上看劇的心得，他笑我：「時計，改天你來，我脫給你看！」

「你會不會太誇張了阿？我只愛看強健有力的肢體，肥胖多肉的不愛！」翻個白眼，覺得談話很沒趣，就掛了電話！

*****

第二天，我又在街上晃了一天，里長說，通常三天之內就可以找到失物者，這像某種定律，很少意外過。所以我希望今天就可以找到失物者，這樣我可以早點回程，我已經開始想念我在流失里的那張睡了超過二十年的床。三天之內就可找到失物主，時間很明確、不必擔心遙遙無期、也不會煩惱能不能完成使命。我想，我之所以沒有昨晚那齣劇裡面四個角色所面對的那種龐大生活壓力，是因為我們的工作皆可預期，沒有意外，同時我們的生活本身就是一種

逃避，躲開了世界上大部分社會裡約定俗成的要求，我們不必跟別人競賽，沒有社會地位的問題，我們只有各司其責做好份內工作的時間壓力，與少許里民之間的人際關係需要稍微費神，感覺我們里民好像過著完美生活，但其實我們心裡總有我們自己一小塊想要踏實什麼的心情，我們沒有什麼可以落地依附感情的東西，而那塊心裡的田，或許正是子薇的博物館畫展夢、子梅的平凡小家庭夢想、里長的米其林餐廳夢……。

胡思亂想中，昨天那位芭比娃娃又出現了。但她今天的服裝顏色，比較偏粉紫。

篷篷裙的蕾絲裝飾比較多，假髮是灰金色，是同一個人扮演的嗎？有昨天那個衝動粗魯的經驗，今天我比較慎重其事、認真面對。相較之下，原來我之前那麼不看重這份工作。她站在圓形的小高台上，我走到她面前，仰著頭仔細看她，她一面像人偶娃娃一樣舞動著手，一邊用她黏著超濃超長假睫毛的眼睛看著我，眼珠子是漂亮的灰色，我對著她笑，她也對著我笑，然後她送我一個飛吻！我拿出十英鎊放進她面前的樂捐箱，她再送我一個飛吻！就是標準甜美

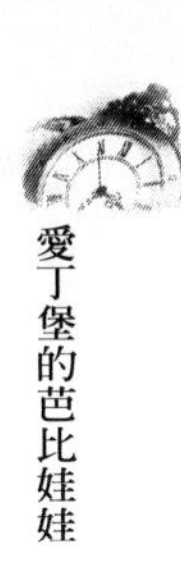

到不行的真人芭比！

可以確定跟昨天扮演芭比娃娃的人不是同一個人，與昨天那位芭比娃娃比起來，她笑得大方燦爛，親切溫暖。

我決定等她結束表演，所以遠遠找個可以看見她的角落等待。她會給每位經過她的人飛吻，不斷舉起手整天這樣飛吻，手應該會痠麻、嘴角也會肌肉僵硬吧？

但我發現她熱力十足，絲毫沒有疲累的樣子。

等到大概下午五點多，她拉起長裙下了台階，準備離開她的小圓舞台，我快步走向她，蹲下來對著彎腰收拾道具的她說：「嗨，要一起喝杯茶嗎？」我本來衝口要說的是關於遺失芭比娃娃的事，但轉念一想，這樣太突兀了，先請他喝個下午茶吧？

她像大太陽一樣，很乾脆的回答我：「當然好！」

「但我想先換件衣服，你跟著我一起走好嗎？」

很大方乾脆，我喜歡這樣有明確想法的人。所以我也馬上回答：「當然

好！」

我跟在她後頭一路走，因為她得專心拉著她的長裙，所以我們沒有交談，她帶我走進一家就在愛丁堡公園附近的小咖啡店，一進去老闆娘就為她打開員工休息室讓她進去換衣服。

老闆娘年齡大概五十歲了吧？眼周的紋路很多，嘴角也是，一頭偏灰色的金髮剪得很短，藍色透明的眼珠，嘴上畫著橘色的口紅，她穿一身咖啡、黑、白三色交叉的格子襯衫配上深灰牛仔褲束進咖啡色長靴裡，笑起來非常有魅力。

她請我坐在靠近吧台前的小圓桌，沒有問我要喝什麼，就端上紅茶、牛奶、方糖、英式鬆餅、炸魚排，放滿一桌，雖然有點餓了，但是我個性拘謹，不敢自己亂動，等老闆娘上完食物，她跟我說：「Anna只要帶朋友來，都是我請客，你先開動吧！她換衣服動作很慢。」原來真人芭比的名字是Anna。

紅茶的味道喝起來應該是伯爵茶，配上剛炸的魚排，頓時全身溫暖起來，我吃完一半的魚排，壞習慣的吃一半就換一種食物，轉頭開始吃鬆餅時，叫

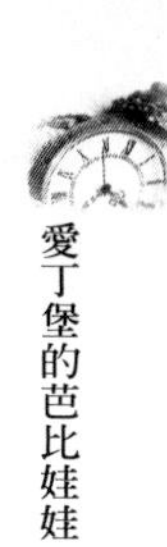

Anna的芭比娃娃，換好衣服出來了。原來她是黑髮、黑眼珠。

她換了件深紅色高領連身毛衣裙，一頭黑色光亮的長髮披在肩上，背個黑色斜背包，手裡拿著黑色皮外套坐下來，老闆娘又端上一壺剛沖好的紅茶過來，她喝了一大口，然後舒服的吐口氣：「哇，好舒服！Kate泡的紅茶就是有這種魅力。」原來老闆娘叫Kate。我就是這樣不夠社會化，有食物就吃，也不懂得進一步跟老闆聊天，連她的名字都沒問，也沒有自我介紹，簡直糟糕透了。

老闆娘也坐下來了，我趁勢趕快補上該有的禮貌，自我介紹：「我叫Time，中文名字是華語發音『時計』。謝謝老闆招待，炸魚真好吃。本來是我想要請Anna喝茶的。」

「挖喔，有人用Time當名字，真是少有。」老闆娘Kate像在跟一隻可愛的小貓說話那種表情對著我說。我傻傻地笑著當作回應。

Anna大眼睛盯著我看，「你來旅行的嗎？還是在愛丁堡讀書？我很喜歡你這件鮮綠色的毛衣，配上灰色紗裙跟深灰色緊身長褲，真的很會搭配呢！」

「你是因為我很會搭配衣服，所以答應我下午茶的邀請嗎？哈哈～～」我喜歡她這樣的觀察力，把重點放在美好的事物上。

「我是來旅行的，待在愛丁堡的時間，可能就兩、三天吧？」我回答她的問題。不知為何？回答完，老闆娘跟她的明亮眼珠好像黯淡了下來。

「Anna是我最愛的妹妹，比親妹妹還親，不過我沒有親妹妹就是了，哈哈！

幾年前Anna的親妹妹Emma跟Anna的伴侶殉情，她的人生就關燈了，我幫她看顧這間店看了好幾年，去年開始，她才慢慢恢復，今天遇見你，真的是上帝替她開了一扇窗吧？」

Kate直接在Anna面前這麼大辣辣說這些很私人的故事，Anna都不介意？

外國人真是純真坦白。這不像我刻版印象中的英國人啊？不過，話說這故事還真暗黑，我這小島上的小里民，從來沒有遇見過這種肥皂劇情裡的真實事件發生者，對我來說是震撼教育！里長都沒有給我充分的教育訓練，就叫我來還東西，我在心裡暗自臭罵里長。不過我好歹也是二十八歲的人了，這樣單純

也實在該怪自己，聽到這種故事就招架不了，真是溫室裡的植物，受到太好的保護了。

「為什麼遇見我，是上帝替她開了一扇窗？」這是第六感嗎？Kate會不會潛意識知道我來愛丁堡能解答什麼？或解決什麼？我該現在把那個芭比娃娃拿出來嗎？

Kate笑笑沒有回答，Anna只對我說：「等下吃完我帶你逛逛，我來當你的導遊。」

雜七雜八聊完熱帶氣候國家的風土民情，沒有剛開場的那些懸疑、社會新聞，只剩下美好的餐食享用、溫暖空調、熱絡開心大笑的場景，這一直是我很嚮往的人際關係，「流失里」上太孤單了，或者說，太單調了，單調的生活引起孤單的情緒吧？

Anna帶著我在愛丁堡古城堡附近的小巷子裡走，上上下下的樓梯，藏在巷子裡的小酒吧，有趣極了。邊走邊聽她天南地北的聊，她說前幾年她出走愛丁堡，到世界各地打工旅行，所以回到英國後也待不住，她的小咖啡店還是交

給Kate看顧，她到處在英國市集作行動藝術表演。這次回到愛丁堡，剛好遇見我，她說她真是太高興了。說到開心的地方，她周邊好像圈著一道光，然後她牽起我的手，問我：「Time你相信一見鍾情嗎？」

牽起我的手問我這個問題，有太多種可能，我一時反應不過來，所以我打開背包，拿出那個芭比娃娃：「Anna這是你的嗎？我想這個芭比娃娃應該會是你的！」

雙胞胎妹妹的禮物

Anna直視我手中的芭比娃娃，僵在那大概二分鐘，她問我，要不要去她家，外面很冷。這種情境下，我只能說好。她叫了一台計程車，我跟著她坐進了類似金龜車的英式計程車，司機開過一片灰色的房子，看慣綠意盎然的熱帶風景，愛丁堡在我眼裡看起來很蕭瑟的原因之一，就是樹葉稀少的大樹成排之外，還有就是那些深灰色古堡式建築，雖然裡面住滿了家庭，有燈光、有燭火，但是深灰石材牆面，配上冬天全枯的行道樹，視覺上完全是蕭瑟寒冷的感覺。即使天氣溫度是十幾度左右，體感溫度好像已經零度了。

她的家有三層樓，由樓梯分開左右兩邊空間，一樓是廚房與客廳，二樓是她的房間跟書房，三樓是起居室與客房。在英國，她算是個有資本的中產階級，生活比一般人好太多了。

她叫我先上三樓，她在廚房泡了茶，然後帶著一盤手工餅乾上樓來。

坐在起居室的地毯上，她拿起芭比娃娃，好奇為何包裝盒都沒有毀損。

然後還自言自語：「我還記得特別選了粉紅色的包裝紙，用白色緞帶包得很美，那包裝紙應該早就損壞不見了吧？」

「所以這是你遺失的芭比娃娃嗎？」基於工作，我必須問清楚。

「對，盒子有我寫上我跟妹妹小時候遊戲時常用的密碼，我們用英文縮寫對應字母順序當作密碼，I Love You，I L Y就是九　一二　二三。你看這裡是我寫的數字密碼。」

紅色簽字筆寫在包裝盒下的五個數字，老實說，我一直沒有注意這五個阿拉伯數字，以為一定是賣場銷售用的編號之類，我真是粗心大意、毫不細心，實在不適合這份工作！

然後她輕描淡寫地對我說：「Emma是我的雙胞胎妹妹，我們彼此約定滿三十歲時，要送對方十歲生日時收到的生日禮物，然後四十歲時送對方二十歲生日收到的禮物，以此類推，這樣五十歲時就會收到三十歲生日的禮物，但又

同時是十歲生日的禮物。六十歲又會收到同時是四十歲跟二十歲的生日禮物，七十、八十歲又會重複一次，這樣多好玩啊！」雙胞胎都喜歡這樣玩成雙成對的數字遊戲嗎？但這樣送生日禮物，挺簡單也挺有意義的，每邁進一個十年，人生彷彿又重新輪迴一次。

「但是也許是雙胞胎的緣故吧？我們看伴侶的眼光也一樣。三十歲生日時，我送Emma這個穿著粉紅色禮服的芭比，因為我跟她十歲時的生日禮物也是芭比娃娃，但她十歲收到的芭比娃娃是穿著白色禮服，她幾乎有十年都在叨念她比較喜歡我那個粉紅芭比。生日前一天我想趁她不在，先偷偷把芭比娃娃拿去她住的地方藏起來，想給她一個溫暖的驚喜，竟然撞見Emma跟我朋友Alice在一起！她說她那晚有事要跟朋友出去吃飯，原來只是謊話，她是要跟Alice約會……聽這種故事很不舒服吧？」她尷尬地笑笑，但沒有問我要不要繼續聽，她繼續講：「我把娃娃丟到路邊，開著車在路上急駛，她們兩人也開著車跟在後面追我，我不想讓她們追到我，因為我完全不想面對他們，然後就出車禍了……」後面不用多說，我也明白了。Kate在咖啡館裡已經說過，他們

殉情了！

看著起居室壁爐上的照片，我才知道Alice是一位可愛的女孩，Emma把我還給她的芭比娃娃放在三人合照的照片旁。

但這算意外吧？怎能算殉情呢？或許在她們心裡，雙方都不想面對，那麼熾熱的感情要往哪裡才有出口呢？不如一方自然的順勢選擇從世界上消失嗎？是Anna終於原諒她們兩人了，所以意外，在記憶裡，就修改成殉情了？

原來熾熱的愛情，是能量巨大的黑洞！

或許他們失去了以後，才迫切的想找回曾經擁有的！

「但你為何覺得這個芭比娃娃是我丟掉的？」她好奇地問我，還帶點驚恐、懷疑的表情。也難怪，這世界上壞人騙子也很多，要讓她相信我的話，才能讓她信任我。

「我朋友剛好撿到，他說是一位美麗的女生從車裡丟出來的，我在家鄉碰

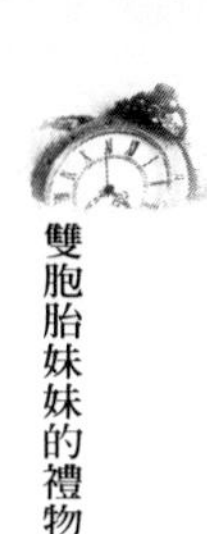

到他，他聽到我要來愛丁堡，就順便請我帶過來，說也許我會碰到丟掉娃娃的人。他說妳那時表情很傷心痛苦，或許再拿回芭比娃娃能讓你不再難過！而你今天又剛好扮演芭比娃娃……」

「流失里」還回失物準則，就是不准說出流失里在哪、不准說出我們如何得到失物，必須要自己編一個故事說服失物者，真是難上加難！

「我一直都扮演芭比娃娃，算是對妹妹的懷念。你那位朋友真好，那麼關心陌生人？」她帶著狐疑的表情問我，一方面是問句，一方面彷彿在說服她自己事情真的是這樣發展！

「我那位朋友是牧師，所以比較特別吧！」牽扯到跟宗教或是超自然相關的理由時，人們會比較容易相信我們的話，這是我們「流失里」里民似乎天生就會的技巧。因為我們處在奇怪的際遇，彷彿在鏡子的另一面，很容易看清楚鏡子外的反射是存在什麼樣的狀態。

「牧師嗎？嗯，我在國外旅行那幾年，也碰到些奇怪的宗教事件……」

她相信了，並且開始說服自己相信我說的話。「這一切真的好巧，難道是上

帝的安排，讓我遇見長得像Emma的你，還有找回我送給妹妹的三十歲生日禮物。」

「Time謝謝你，我覺得跟妹妹幾年前發生的事情，現在除了歸於平靜，並且感覺更圓滿了。妹妹現在跟他的所愛在另一個世界，而我也找回我要的生活。」

我跟阿敏曾經討論過，如果我們還給失物主的東西，是他們不要、不想面對的東西呢？這樣不就是逼對方面對他們想遺忘的事情嗎？這樣對嗎？

我今天好像有了其中一個答案。或許他們失去了以後，才迫切的想找回曾經擁有的！

「你長得很像Emma，我親愛的妹妹！Time，你相信一見鍾情嗎？」我看著Emma的照片，再看著Anna看我的眼神，她再度問我一次是否相信一見鍾情，剎那間我懂了！

某些東西，像星星一樣一閃一閃爆開來，我明白了咖啡店老闆娘Kate看我的眼神像看她疼愛的貓咪，也才會說Anna今天遇見我，是上帝替她開了一扇窗吧？

我懂了為何今天早上她扮演芭比娃娃送我飛吻時，我願意大方給她小費，為何我那麼欣賞她，不同於我對「流失里」子薇、子梅那些姐姐們的欣賞？

星星正在我腦袋裡爆開，而Anna的唇，已經甜甜的貼上我的唇，我慌張得全身顫抖，卻沁入其中，她把手伸進我的毛衣，解開了我的胸衣，輕輕拖著乳房捏揉撫摸，來不及反應，也不懂自己為何不反抗，就這樣，我獻出我的身體，讓她貼著我溫熱的胸，有力的手遊走我全身，我像發燒一般全身發燙，跟著她律動，然後我想起阿敏、想起里長，想起流失里的家人，像爆裂的叛逆，我翻過身壓制住Anna，用力吸允她的乳房，親吻她身體的每一寸，包括最隱密卻最甜美濕潤的地方。

原來宇宙中有這樣的共鳴，我在Anna擁抱中，發出對生命的讚嘆之聲。

里長召回　崩解的世界

深夜裡，我收到里長的簡訊：「時計，明天返回第一班飛機機票幫你買好了，請速回！」還回失物三天內一定可以完成，這是里長告訴我的，但他怎麼會知道我第二天就還回失物，第三天買一大早班機叫我回去呢？真是神算！後來我才知道，如果失物還給主人了，流失里的失物登記本裡就會自動出現失物已還的紀錄。

我沒辦法跟Anna告別，因為我無法解釋清楚我的處境，所以趁著她熟睡，我悄悄的溜出Anna家，提早到機場去晃蕩。我打電話給阿敏，跟他說里長要我速回，我不能繞到他那兒再回去了。關於Anna的事，我一句沒提。他一直想問還回失物有沒有什麼趣事發生，我對他支吾以對，只說這是商業機密，他自己可以拷問里長，逗得他呵呵大笑，就沒再追問我了。

某種程度，我的安逸世界崩解了！從此我有了不能與阿敏分享的祕密。

而這個祕密，我只打算告訴里長。

*****

我待在機場大廳座椅上，喝著保溫瓶裡自己帶的水，現在都涼了，還有一點保溫瓶金屬的味道。

無奈地喝著，同時腦子裡充滿這三天的經歷，才三天！我的世界就改變了！

我終於發現，為何我那麼愛阿敏，卻無法享受他的擁抱，甚至每次他一過來要抱我，我都急著退後，因為我知道他想要什麼，但那總是我以為我還沒準備好，且無法給他的。

原來我不愛男人！這也是每次我好整以暇欣賞里長的魅力，卻對他沒有任何幻想，也從來沒想過和「流失里」裡的男生談戀愛，從來沒有任何心跳澎湃

的感覺，難怪里長老是用意味深長的眼神看著我。

儘管我在隔壁村念大學時，學校裡同性戀人組也不少，但我從來沒發現自己的傾向，只以為自己對男女歡愛沒有特別感覺，直到我遇見Anna！

既然這樣，那我要就這樣放下Anna，毫無解釋就離開嗎？

我回想著Anna起居室壁爐上放著Anna、Emma、Anna朋友Alice的照片，三人陽光燦爛的看著某處，我的眼神跟嘴唇還真的很像Emma，無辜眼神加上倔強唇形，這兩個地方的神韻就像是複製在彼此臉上。

雙胞胎有太多地方相同，性取向相同，連喜歡上的人也相同。所以有個雙胞胎姊妹或兄弟，到底會很煩惱呢？還是很幸福？

Anna對我說，她有幾年在國外晃蕩，不斷的回顧那一天，直到麻痺、直到那意外像一場戲之後，某天，她想回家了，她很想她妹妹，因為二十多歲時爸媽先後死亡後，妹妹Emma是她唯一的家人，回家就是回到妹妹身邊，但連唯一的家人也走了。她還是回到愛丁堡，回到她的家，家中有妹妹的照片，平常還可以到妹妹的房子那去小住，整理妹妹的衣櫥。

如果我是她的一見鍾情，讓她一次就愛上的人，那麼她又要再一次失去！至於我，處在身心靈不平衡中，我顧不到她一見鍾情的失去與傷心，我正在適應我崩解的個人世界，與不得不立刻離開她的撕裂感中。我的耳機裡大聲灌滿了重金屬搖滾，我用音樂把自己隔離於外面的世界。

十三個小時飛行後，我回到流失里所在的城鎮中，卻暫時還不想回去，我在百貨賣場裡逛了至少五圈，在咖啡廳裡喝了一杯又一杯黑咖啡，在鎮上的酒店已經住了二晚，就是踏不進回到流失里的那個門檻。里長也沒有催促我，手機一直很安靜。

我回想跟Anna聊了整晚，什麼該做的事都做了，就是沒有留下彼此的電話，因為她喜歡我、信任我、也把心交給我，她沒有擔心，沒有失去的恐懼，所以也沒有急著跟我要手機號碼。而我就這樣，無聲無息地摧毀了她的信任，讓她失去！

*****

就像還回失物只要三個工作天一樣，我在外晃蕩的第三天，今天，里長來簡訊了：「時計，有件遺失物需要你去還給失物主，今日速回！」我收拾行李，把發臭三天的身體沖洗乾淨，回到流失里。

我沒有回家，先到里長的辦公室，里長早就磨好咖啡豆在等我了。他看到我站在門口，對我招手：「進來吧！沒有什麼好擔心的！」

我不太懂里長這句話的意思，但為了那杯最愛的里長咖啡，我走進去坐下來，有種回到可依賴環境的熟悉感，頓時全身放鬆，我哭了起來。

心裡對自己說：「時計啊，你真沒用，就是朵棉花糖，看起來很大朵，一捏就全部縮水……」

里長端上沖好的咖啡，問我：「有什麼話要對我說的嗎？」

我不知道要從哪裡開始，最後只擠出一句話：「里長，對不起！東西是還給失物主人了，但我還是搞砸了！」

里長眼睛盯著我，沒有說話，然後他慢慢喝了口咖啡對我說：「時計，下一件失物，地點比較危險，我要你跟雍奇一起去。」然後，里長沒有再追問我

為何搞砸了，彷彿他清楚所有的事，只跟我說，他今天要煎牛排，是已經熟成了二十天的肋眼，我一定會喜歡，要不要留下來吃飯？我沒仔細想就反射動作的點點頭，但又馬上搖頭，因為我的心在糾葛，我想跟里長說清楚事情經過，但又害怕說出來的後果，留下來吃飯一定會說出來，心裡一片亂。

流失里的里民雖然因為同樣的原因留在這，但每個人都有自己的路要走，有自己的軌跡。我不會用世人的是非對錯來評斷你，所以，你所謂「搞砸了」的這件事，對我而言，也沒有對錯。

里長看我這樣，只笑笑對我說：「時計，你沒想清楚就不用說什麼！流失里的里民雖然因為同樣的原因留在這，但每個人都有自己的路要走，有自己的軌跡。我不會用世人的是非對錯來評斷你，所以，你所謂『搞砸了』的這件事，對我而言，也沒有對錯。」

然後他把音響打開，擴音器播放出拉威爾Joseph-Maurice Ravel的死公主之孔雀舞Pavane pour une infante défunte。再打開一瓶法國夏布里（Chablis）產區的紅酒，把我留在起居室，到廚房去煎牛排了。

翻過那道牆

跟著哥哥雍奇共同去完成一件事，是從來沒有過的經驗！

我們連在家裡，也很少出現在同一空間，不是我在起居室玩PS遊樂器「玩命賽車手」，就是他在房間聽音樂、畫畫，不然就是我在餐廳吃麵，他在窗外花園裡澆花。

或者我在睡覺，他已經出門去工作，基本上，他不太愛理我這個妹妹！

我們倆默默無言，一起搭飛機到印度德里，飛機上各自看自己的影片，沒有聊天交談，就只互相遞個咖啡、幫忙傳一下飛機餐食盤，禮貌的借過一下去上個洗手間，就像兩個陌生人一樣！感覺里長就是居心不良！故意把我們湊在一起。難道這樣兄妹感情就會比較好嗎？深深不以為然啊！

飛機降落德里後，我們住進La Méridien飯店，一人一間，不想為了省錢而遷就對方，我們很自然地就分開走進自己的房間。行李放好，他打飯店房間電話跟我說晚上就在飯店內的餐廳吃飯，他要跟我討論一下這次工作分工。

既然就在飯店內吃，我們也不是來觀光的，那我就先來睡個覺吧！

享受一下豪華浴缸，吃完飯店送的水果、餅乾，我就大字攤在床上睡著了。

隱約聽到Anna呼叫我的聲音，我看見她穿著黑色的禮服，站在街上做表演，微笑不見了，手上拿著一朵藍色的薔薇，也不再送行人飛吻，只剩下冰冷的臉，眼淚不斷地流下來，然後我也跟著流下眼淚了。

我想跑到她身邊，告訴她為什麼我走得那麼匆忙，為什麼有些事我說謊，然後我依稀記得我人應該在印度才對，理智襲來，人就醒了！

雍奇打飯店室內電話過來，他說該到飯店餐廳去吃飯了，他有訂位。整個人還頭暈暈的，這場覺睡得不太舒服，胸口很悶，其實我猜，應該是我的心被掏空了。

昏沉沉的下樓去吃飯，印度咖哩變化真的很多，配上傳統的麵餅，不論

身心靈狀態當下是如何，都會胃口大開吧？好像一邊吃著，一邊憂傷的事也就不見了！

吃完，雍奇把一張地圖拿出來，那是一幅室內地圖，或者說應該是一座城堡的平面圖。

平面圖是一個橢圓型，周邊是弧形城牆，我看了一下城牆面的高低差，加上衛星地圖的空拍圖兩相對照，那面城牆還真是巨大，至少高十二公尺，等於三、四個樓層那麼高，城牆裡是一整片綠色草皮，中間有一座小小的迷你城堡。

我沒抬頭，壓低著臉，對著雍奇說：「這迷你城堡還真可愛，但是看不太清楚實際樣貌。」

這時候，雍奇慢條斯理地從後背包裡，拿出一張照片，一座白色迷你城堡，有尖尖的塔樓跟彩色玻璃，小城堡門兩旁種滿了紅色玫瑰，這座城堡沒有護城河，只有高高的弧形圍牆。

老實說，我就是討厭雍奇的習慣，什麼事情，第一時間不說出來，一定

要等別人有疑問了，才把資訊拿出來分享，我天性就是又快又著急，跟他很難合拍。

雍奇的手指在照片跟地圖之間輪流指指、沒有說話，我又一把火的著急了，問他：「你到底有什麼想法，直接說出來啊？！」

緩緩地抬頭，吐了口氣，他回我：「這個城牆有十二米，很高很光滑，我們除了一個人正大光明的按門鈴，另一個人必須翻過那道牆……」然後他又靜默了……

的確是難度很高的任務啊，我也跟著靜默了！

然後我追問：「那麼里長有什麼交代嗎？」

「里長說，我們要把這個玫瑰花的種子交到城堡豪宅主人手上，但那位老先生不出門的，我們碰到的難題是，管家願不願意讓我們見到城堡主人。」雍奇又從背包慢條斯理地打開背包，拿出一個透明小拉鍊袋，裡面裝著一小包油紙包著的東西，打開來是小小的種子十幾顆。

「種子不能帶著過海關進出各個國家吧？」我心裡一方面氣他不早拿出

來，一方面又替他慶幸運氣好，沒被海關查到那包種子。

「你太容易用自己已知的習慣得出一個結論，然後用這個結論來審視別人的言談舉止是否正確。」

「你太容易用自己已知的習慣得出一個結論，然後用這個結論來審視別人的言談舉止是否正確。」雍奇又開始擺出哥哥的姿態，眼睛盯著我開始說教。

「如果這是要歸還的種子，那麼表示這可能本來就是這裡其中一種植物，所以不必太擔心生物循環受到破壞，另外，薔薇屬的月季，現在遍布世界各地，是需要稍加小心，但不必憂心。」然後他理所當然、無可拒絕的把種子交給我。

我抵擋不了自己經常慣有的無腦動作，直接把手伸出來，接過種子。然後又慢半拍的懊惱自己總是靠反射動作在應對事情，幹嘛我要接受負責保管種子的任務？

「你還沒告訴我，我們要怎麼把種子交給高牆城堡的主人？」我一臉表情複雜，交織著為什麼種子是拿給我，事情要怎麼進行、那麼高的城牆要怎麼進去阿？還有，這位哥哥，你為何總是要一副老學究臉的教訓我，我是有點笨，但總是你親愛的妹妹啊！

「明天傍晚，你要負責爬上城牆，翻過去，藏在城堡旁邊的小倉庫，隔天一大早我會去按門鈴，把城堡裡的傭人管家還是園丁之類的全部引到城門口，然後你就可以快速進到別墅裡，把種子交給城堡主人。」雍奇一口氣說完，然後把面前的punch一口氣喝完，又再叫了一杯。

我還是納悶，城堡沒有攝影機？沒有看門狗？沒有警衛？大概電影看太多了，心中有太多冒險前的不安。

「你不用擔心，我跟里長都調查過裡面的監視系統，只有一個攝影機對著城牆大門，你就安心的翻過那道牆吧！」說完，把續杯的punch一口喝完，拍拍屁股就上樓去了，只交代我：「明天白天要睡飽，晚上爬城牆會很累。」

我覺得自己還沒有搞清楚狀況，但是會議已經結束，主持人雍奇早已離

席，我還自己坐在飯店的餐桌上發呆，不知所措！

回到飯店房間，我把帶來的瑜伽墊拿出來，開始做起自己隨意創造的瑜伽動作，因為我不喜歡讓人家看到我運動的樣子，天性害羞！所以瑜伽動作就是大學體育課老師教過的動作，加上適合自己體能的四肢伸展。然後沖個澡，打開電視隨便亂轉，印度的節目我也看不懂，電視聲音配上我帶來的書——波特萊爾Charles Baudelaire「惡之華 Les Fleurs du mal」詩集，隨便翻、隨便看，帶詩集的好處就是沒有閱讀進度的壓力。

翻到一首詩名叫：「贖金」

The Ransom

贖金

To pay his ransom man must toil

一切辛勞，是為了支付贖金，

With Reason's implement alone

此時唯有理性能夠隨行，
To plough and rake and free from stone
努力耙土耕作，才能從堅硬的石中獲得自由，
Two plots of hard volcanic soil.
而那是兩塊堅硬難墾的火山泥
And if he would from out them wrench
A few thorns or a meagre flower,
如果能從中得到少許的花朵甚至荊棘，那也是一瞬感動的經歷，
Continually a heavy shower
Of his salt sweat their roots must drench.
必須辛勤勞動、汗如雨下的澆灌早已深根的作物。
The one is Art, the other Love;
And on that last and terrible day
The wrath of the stern judge to stay

一方面澆灌著藝術，同時也澆灌著愛，
當雷霆之神的終極審判來臨時，
And 'scape the vengeance from above,
He must show barns whose uttermost
Recesses swell with ripened grain,
要逃離如花徑般的逞罰，就必須展示不斷填滿的穀倉，
And blooms whose shapes and hues will gain
The suffrage of the Heavenly Host.
而最豔麗多姿的花朵，將成為神之選

——Jack Collings Squire, Poems and Baudelaire Flowers
London:The New Age Press, Ltd. 一九〇九

大家都說波特萊爾是當時代的叛逆詩人，
但我讀完這首詩對它的理解，卻是：這首詩充滿對神的敬仰啊！是嗎？

用他自己不羈道德的邏輯，以及他反骨特立獨行的方式禮讚神，一種來到人世便對神負有的責任，必須以繳付贖金的方式，回到神的天國，所以詩人並非狂傲無神，而是心中抱著時時警惕的心在世間奔流。

我在心中喃喃自語著自己對波特萊爾的看法，也許完全錯誤呢！

讀完一首詩，時間還早，下午睡過了，現在該睡卻睡不著，又開始想起Anna，我想起她甜美的飛吻，挑高的身材，還有她談起妹妹Emma眼中閃著憂鬱卻迷人的眼神，也許對別人來說，她不是典型的美女，但在我的眼中，她是我這一生第一次碰到的熾愛，這就是所謂的初戀嗎？應該就是吧！

可惜我沒有留下任何熾愛的證物，連電話號碼都沒有，只有我自己知道，那道痕跡在我的心裡，像閃電畫過，深深地刻在心上。

*****

第二天中午過後我們就出發了，車子大概開了二個多小時，經過一座烏園，樹上甚至有野生孔雀，真是一個奇妙的國度，難怪許多人對印度著迷，即使這個國家還有許多令人詬病的傳統，一如幾千年前都沒有改變，但毫不減損他的迷人風貌。

繞過森林鳥園，我們看到那座躲在樹林中間的白色大圍牆，車子繞著大圍牆開了一圈，近距離看著那座高十二米光滑的弧形圍牆，還真壯觀。

一想到等下我就要爬上那座光滑、高聳向內弧的高牆，我的腿竟然開始有點發軟！我緊咬著嘴唇，心裡很想拒絕爬上這城牆，但是想到里長的託付，自己身負重任，就收斂心思，緊張的忍住害怕。

雍奇應該是看出我的心思，伸出手來抓住我的手：

「哈囉，我親愛的妹妹，不用緊張！我幫你準備了攀岩用的工具，還特別設計了自動滾輪，不用太費力，你就可以爬上去。但是翻過那道牆以後，你就要找到城堡後面的小儲藏室待一個晚上，那才是最難熬的，那段時間我就不能陪你，但第二天早上準七點，我就會來敲鑼打鼓，你聽到吵鬧聲，聽到大家趕到前門的聲音，就要盡快進到城堡頂樓主人的房間，直接把種子還給他，我相

信你很能靈機應變，一定能完成使命！」

雍奇眼睛直視前方，一口氣說完所有他要交代我的事，好像我不在現場，而他正在跟地球另一端的我講電話！是怎樣的性格讓他變成這樣？但是至少那一剎那我明白，我的哥哥是關心我的，突然覺得一陣暖暖的氣流從喉嚨進入，從胸口開始穿越整個身體，眼淚偷偷從眼角流出來，我趕快用另一手擦掉。我想雍奇並不想看到我流眼淚，甚至無法理解，為何要流眼淚呢？不是都跟你說明清楚了嗎？

時間差不多了，我們把設備搬下車，他用飛行器把攀岩繩上的掛勾載上去固定好後，替我綁好攀岩繩，他提醒我到地面後，直接解開就好，他會從城牆另一邊把繩子收回去。然後他突然伸開雙手抱住我，拍拍我的背，只說了句：「上去吧！」我那眼角的眼淚，又快控制不住要流出來了。

我深呼吸一大口氣，抓住繩子大跨步往上爬，光滑的牆面沒有想像中滑溜，摩擦力其實很大，大概二十分鐘後，我已經到達地面，就像雍奇之前說的資訊，只有一個攝影機在對著城牆門口，我躲在樹下，等覺得放心安全了，就

立刻衝向城堡，就像平面圖上看到的一樣，城堡後面有個小小的儲藏室，我輕輕推，門就開了、門沒有鎖。

儲藏室裡只放了一些整理植栽的工具，還有一個鋤草機、一堆一袋袋的培養土跟肥料，乾淨整齊，我把雍奇幫我準備的睡袋、毯子拿出來鋪好，無所事事的發呆。其實中間很怕有住在城堡裡的人會突然走進來，但一直到天色變暗，都沒有人過來。

*****

在小空間裡待久了，我開始不耐煩，難怪雍奇說這段時間是最難熬的。沒有任何娛樂可以做，手機跟書都被雍奇收走了，他怕我會分散注意力。這還真的是一種折磨，當時間全部空出來，而沒有任何事情可以做，也沒有任何工具可以專注心思或分散窮其無聊的無奈時，就全然是名副其實的殺時間了。

我開始做起瑜伽，一輪做完再做一輪，然後閉起眼睛靜坐，心裡想，印度

瑜伽那麼發達，該不會就是因為當下空出來的時間實在是太多太多了？

大概是靜坐需要閉起眼睛的關係，我好像糊裡糊塗地睡著了，因為有人用力地把我搖醒，我有點忘記自己在出任務，不耐煩地甩開搖我的手，張開眼睛卻看見一位留著白色長鬍子的老先生，我嚇得跳起來，本來要大聲喊叫卻忽然想起我在出任務，緊張的捂住嘴巴，控制自己不要發出聲音。

白鬍子老先生盯者我，用龍眼一樣大的眼睛。黑眼珠亮閃閃，感覺他的眼睛裡充滿不解的驚嚇與憤怒！他拿起種花的鏟子揮起手，看起來像是要攻擊我或是自衛，我立刻蹲下來，用無辜的眼神看著他，拜託他聽我解釋！

他放下鏟子，卻突然笑起來：「你長得好像小老鼠！」

小老鼠！竟然這樣形容我，我明明長得很甜美可愛啊！

仔細看老先生，棕色的皮膚襯著大眼睛、挺鼻子，年輕時應該很帥。

「你一個瘦瘦小小的女生，是怎麼進來的？」一轉眼他又變臉生氣的問我。

「翻過那道牆進來的……」我諾諾的小聲回答他，深怕他把鏟子揮向我，

那我就不用回流失里了。

「那你快說吧，你翻牆進來幹嘛？」他用力把鏟子丟到一邊，鐵鏟子撞到肥料袋子，裡面的花肥全部露出來，我本來以為他會把鏟子甩向我，嚇得往旁邊躲！

原來我超怕死，怕身體受傷、受痛！

「我翻牆進來，是為了還給城堡主人一件東西……」

他咧開嘴有點狡詐的笑，又有點生氣的大吼：「我就是城堡主人！你有什麼東西是可以還給我的？」

說完他走過來，伸出雙手一副要掐死我的樣子，我嚇得繞過他想跑出儲藏室。

可是老先生手臂很長，一把就撈住我，然後對著我大聲吼：「你有什麼東西是可以還給我的？」

我整個人像小動物一樣被他撈起，緊張到說不出話來，我猜這次我死定了！大概一陣混亂跑動，又被抓著前後搖晃，口袋裡的種子掉出來了。我眼睛

往下看，伸出手想要撿起種子，白鬍子老先生也看到了，他放開我把我推開，然後迅速撿起那小小一袋月季花種子。老先生身體健康、活動敏捷靈活、活力十足！他拿起那袋月季花種子前後看了好幾分鐘，但也許只有幾秒，我當時太害怕了，因為沒有做過侵入者，感覺自己像小偷，只覺得那段時間過了好久。

然後白鬍子老先生又暴怒了，他用空出來的那隻手緊抓住我的衣領，「你給我說清楚，為什麼你要拿月季花種子給我？」然後放開我，大聲長吼，竟然還開始流淚了。天啊！這種子讓白鬍子老先生真的很悲痛嗎？我又想起我跟阿敏曾經有過的對話：「如果我們還給失物主的東西，是他們不要、不想面對的東西呢？這樣不就是逼對方面對他們想遺忘的事情嗎？這樣對嗎？」就在我不知所措的時候，外面聽到幾個人大聲吵鬧跑步經過的聲音，遠處還有小喇叭、敲鑼打鼓的聲音，白鬍子老先生瞪著我大聲吼：「是你做的好事嗎？你到底在幹什麼？」然後開門踱步出去，我緊跟在後面想弄清楚到底發生什麼事。我看看手錶七點了，是雍奇在敲鑼打鼓嗎？很納悶！

接著眼前出現我無法立刻理解的事，一個戴小丑面具穿著小丑服、腳踩著

高蹺、前後各掛著一組小鼓，手裡拿著鈴鼓又敲又打、又搖鈴的衝進來，一群印度人圍著小丑後面跑，不知該拿他怎麼辦？這讓我想到一四九二年葡萄牙人登陸印地安沿岸滅掉印加帝國的場景。很少見的高蹺小丑突然來敲門，大門一開讓城堡裡的人驚呆了，讓他剛好就趁勢衝進來，一路往倉庫的方向，我想那應該就是雍奇沒錯！

這是我完全沒見過的哥哥，原來他擔負這麼多複雜而且超出我想像的工作，好像突然能理解，為何他在家都靜默不語，沉浸在自己的世界中。他需要全然的寧靜，以面對外出工作時那麼多複雜的狀況，想到他身負的重任與壓力，我突然好像瞭解他了，甚至覺得要熱淚盈眶起來。

白鬍子老先生擋在眾人前面，小丑哥哥跟白鬍子老先生雙方對峙，突然小丑哥哥往中間的小白城堡前進，白鬍子老先生大吼起來追上去：「不要踩到我的玫瑰花！」雍奇這時候站在兩排玫瑰花中間，對著白鬍子老先生說：「把月季花種下吧！」這就很像哥哥平常對我說話的語氣，無庸置疑、只能接受！

白鬍子老先生愣了一秒，大哭跪下，手中握著那包月季花種子，城堡裡

的其他人只敢站在旁邊觀看，大概是因為不清楚到底發生什麼事，全部都不敢亂動。

不知是什麼驅動我，我走向白鬍子老先生，把他手中那包種子拿過來，替他種在每一朵玫瑰中間，然後請人拿水過來澆灌，老先生只是繼續跪在地上嚎啕大哭。月季花種完，白鬍子老先生也哭完了。他緩緩起身，低下頭對我說：「小老鼠，別再生爺爺的氣，你媽媽真的不是我趕走的……」說完，突然就要暈倒往後傾，旁邊一群人立刻湧上去拖住他，然後把他扶進小白城堡裡。

我跟雍奇跟進去，但雍奇始終沒有從高蹺上下來，也沒有把小丑面具拿下來。

白鬍子老爺爺喝過熱奶茶，緩過一口氣，躺在淡藍色小弧形的廳堂中一把貴妃椅上，慢慢清醒意識似的，他看著我跟小丑哥哥，緩緩的說：「為什麼你們兩個陌生人要闖進我的生活，你們怎麼知道月季花的事情？」

小丑哥哥很簡短的，一如平常，只回答了一小段話：「我們在某地遇見小老鼠，他說他原諒你了。」

「那小老鼠去哪裡了？」白鬍子老爺爺問。「他希望媽媽的月季花可以種在大馬士革玫瑰中間，留給爺爺做紀念。」小丑哥哥沒有正確回答他的問題。「那小老鼠去哪裡了？」白鬍子老爺爺顯然沒有聽到他想要的答案，重複再問一次。

小丑哥哥沒有回答，只轉頭對我說：「我們回家吧！」

然後高高的身影帶頭走，我快步跟在後面，背後老爺爺嚎啕大哭的聲音震耳欲聾，我們一路奔向城堡大門，然後進到樹林。小丑哥哥從高蹺上跳下來，把裝扮拿下，深呼一口氣，然後做做柔軟操，鑽進車裡，我們綁上安全帶，一路開回飯店。

第二天一大早，我們就搭上飛往流失里所在城市的航班。其實這趟任務，我還是滿頭問號，航程中我問雍奇：「為什麼不直接敲門把種子交給主人就好，要這樣大費周章啊？」他一樣眼睛看著前面說話，不正視我：「戲劇性的人生，就需要戲劇性的手段，才能在短時間完成交付任務啊！」我還是無法理解，繼續追問。「但是我們好像並沒有解決他的問題啊？」雍奇把頭慢慢轉向

我，「他自己的人生，必須自己找答案。」

「但是我們把種子還給他，他似乎更傷心了？」我還是不明白，繼續追問：「你為什麼知道是小老鼠要交給他的？小老鼠又是誰？」雍奇突然笑得一片無奈，轉頭對著我說：「那不是那位老先生自己先說出來的嗎？你忘了我們的任務，不能對失物主說明白東西是從哪裡來的嗎？我當然只能順勢說個應該是他會接受的說詞啊！」

「況且，我根本不知道小老鼠是誰？他在哪裡？要如何告訴你小老鼠是誰？更無法告訴那位老爺爺小老鼠在哪裡？」

他的心病要靠著我們還回去的種子激發他自己改變。會不會成功，就是他自己的人生功課了。

「而且照他自己大哭說出的話，一定也認為自己做過傻事吧？我們無法幫忙解決他的問題，他的心病要靠著我們還回去的種子激發他自己改變。會不會

成功，就是他自己的人生功課了。他的小老鼠，如果還在這世界上，有一天也會自動出現在城堡前吧？」然後很明顯不希望我再提問，低頭打開背包把書拿出來，剩下的航程都在閱讀。我無奈地打開飛機上的螢幕看起電影，然後昏睡到飛機降落為止。

睡夢中，我好像夢到跟Anne在某個海島上手牽手踏浪，然後她突然抱著一塊衝浪板，衝進大浪中，好久好久都沒再出現，我緊張的大聲喊她，衝進海裡找她，但怎麼樣都找不到，我在海邊大哭，突然好像整個地球都震動了。我被飛機降落的震動弄醒，昏昏然跟著雍奇下飛機，一路回到流失里。

魏民的上海眼淚

流失里有個我特別喜愛的特點，就是經常晴空萬里，偶而下著小雨，但是雨後就會出現美麗的彩虹。那天里長叫我去他辦公室，天空剛好下著綿綿細雨，我喜歡淋著小雨，慢慢騎著單車在雨中哼歌，如果人生就停留在這一刻，應該也是非常美麗的事。

到了里長家，他正在磨咖啡豆，咖啡杯已經放在熱水中預熱。里長煮的咖啡可以說是地球上最醇香的咖啡，這次的咖啡豆是有點橘子味道的耶加雪夫（Yirgachefe）。

我坐下來，里長就把咖啡端來放在桌上。「我幫你準備了一組專屬的咖啡杯，還可以嗎？」我看著裝著咖啡的杯子，淡藍色杯肚正中央是一朵小茉莉花，白色的花襯著綠葉，咖啡杯是大的馬克杯。其實我喜歡全白色的杯子，不過里長都說是幫我專門準備的了，我只好回答：「喜歡啊，謝謝里長。」

深刻喜愛的與真實得到的，也許經常是兩回事吧？

「其實我知道你喜歡全白的杯子」里長又露出那種「我就是猜中你心裡在想什麼」的微笑。賊賊的、有點奸詐的，帥帥歐吉桑的賊笑，還是挺有魅力的。

邊喝咖啡，里長邊把一個小小的玻璃瓶放在桌上。「今天早上子薇去失物招領所拿的失物嗎？」我記得子薇今天早上難得的離開畫室，應該是聽到鐘聲去失物招領所領取失物。

「對，但她最近狀態不是很好，還在她的畫裡面迷路。」里長這比喻真好，在畫裡面迷路。這倒是真的，我已經很久沒有跟子薇聊天了，每次要跟她說些什麼有趣的事，她都只是嗯嗯兩聲應付我，我只有看到畫室裡她的背，連正面都看不到。本來想試著用探問的方式跟她聊我跟Anna的難解方程式，現在看來她有自己的人生難題。

里長大概也是因為知道她總是坐在畫布前，才故意叫她去取失物，讓她離開一下畫室出去透透氣。

「本來這件工作想請子薇去，但是我想想，其實也許你去會更有效率！」里長意味深長地看著我說。

「為何？」心裡有點小得意，原來我還挺受里長重用的，真是無來由的小虛榮！

「因為你還可以順便去看阿敏！」里長又露出他那有點奸詐的微笑。

「是嗎？好呀～太好了！」但是我一邊開心，一邊擔心。其實我有些怕面對阿敏，一方面，我知道自己對阿敏的好感是什麼樣的感情，一方面，我怕自己會忍不住把我跟Anna的事托盤而出。

雖然我跟阿敏是從小就玩在一起的朋友，但老實說，我並不清楚他的價值觀。我現在才發現，我從來沒有問過他喜歡哪種顏色，每當他早上出門慢跑時，都哼著什麼歌？我只清楚他喜歡聽克里斯多福・霍格伍德（Christopher Hogwood）指揮的古典音樂，但從來沒有問過他為什麼？所以，他能不能接受我竟然不愛他，卻能喜歡一個只見過一次面的芭比娃娃，我完全不清楚！我眼

睛裡看見的阿敏，是一個移動橡膠人，我只了解他表現在外的那一面。

想到這裡，心情又灰色起來，Anna在天涯海角，我們沒有留下雙方的聯絡方式，除非我再度飛到愛丁堡，才能再見到她。但是，見到她，我能夠給她什麼？我可以完全放下離開流失里嗎？或者，她甚至不願意我再出現打擾她的生活？到底哪個是依變項？哪個是自變項？理不出一個答案，或者說，理不出一個讓我有安全感的答案。

我安逸的個性，讓我繼續留在流失里，與大家一起，繼續著流失里里民的天職任務。

*****

飛機在上海浦東機場降落，這次里長給我很多費用，他說我可以去住高級的飯店，在上海外灘餐廳吃大餐，我真是高興的都要飛起來了。本來以為是可以直飛瑞士找阿敏，結果里長說要先飛到浦東，然後再飛去瑞士。這次資料

不多，只知道遺失物主人住在上海，常在外灘一帶的餐廳吃晚餐，是一位年紀七十幾歲，氣質出眾的女士。

里長也不明白為何要先從浦東開始工作再到瑞士，但是遺失物的筆記本上是這樣寫的。如果這不是流失里的任務，而是一般情況，那失物要送到主人手上真是難以達成的任務。在一座那麼大的城市，即使目標鎖定在幾間餐廳，也不可能三天之內就能找到失物主。

晚上在外灘閒逛，覺得這座城市還真神奇，巨大西式古典建築，下面襯著建築的人卻全部都是東方人臉孔，成為有趣的對比。我今天晚上想吃西餐，進了一間西式餐廳，弄不清楚是吃法國菜還是義大利菜，總之就是花大錢吃大餐啦！因為沒有預約，戶外露臺的座位都已經坐滿了，我只有室內的選擇。選了一個靠近角落的位置，點了一道羊膝，外加一瓶紅酒，酒可能喝不完，我打算喝不完，就帶回飯店繼續喝。

我的羊膝上菜時，隔壁來了一對男女，看不出是夫妻、還是情侶，男的沒有因為進餐廳而把鴨舌帽拿下來，女生穿著合身旗袍，身材很好，一頭短髮很

俏麗。我有個壞品行，就是愛偷聽別人聊天，因為總覺得別人的生活經歷比我的有趣多了。所以很想聽聽別人都在做些什麼？關心些什麼？

女生長得好看，連聲音也很好聽。她在說她今天去畫室把上次那幅畫作最後收尾，畫完了放在老師那等乾了下次再去拿，然後是一堆日常談話，包括她的貓咪愛咪今天跟她搶吃海苔片等等，這樣我就聽出來他們不住在一起，應該是男女朋友，男生只聽女生說話，中間點點頭，完全沒有開口。然後他們點的餐來了，兩個人點一模一樣的食物。最後，他們的紅酒也喝完了，一直嘰嘰喳喳的女生，停止繼續說話，男生看了看手錶，把帳單拿起揮一揮，服務生走過來接過帳單跟他的信用卡。買完單，他們一起起身，男生走在前，女生走在後，走出餐廳，消失在我的視線。

原來世界上也有這種情侶啊？彷彿看了一齣短劇，或是半場默劇。男生都不開口，算是默劇吧？通常這個時候，我常常有種不在這個世界上的錯覺，彷彿我只是個地球觀察員，隱身在旁看著世界上發生的各種事件。也或許是我們流失里的存在太奇怪，當我旁觀周邊發生的事情時，就會有這樣的錯覺。

今天在這間餐廳，沒有看到什麼七十歲的老太太，所以吃完飯，我就到黃浦江畔散步，對面東方明珠那一排大樓像是城市幻境，太過完美。這時候我的手機響了，是阿敏，我接起電話，聽到他開朗的笑聲，從腹部發音的低沉聲音很有磁性，他值得一個好女人。

「嗨，里長說你過幾天會來瑞士？」

「對啊，等這裡事情辦好。但很奇怪，里長說，這次的任務會先在上海，然後就需要到瑞士。我也不知道為何？」

「嗯，總會有順理成章的發展吧！」阿敏這點總是讓人很驚訝，他面對很多別人糾結的事情可以很豁達，不會對事情有太多執著，「順勢而為就水到渠成」這是他告訴我的人生哲學。

「嗯！」然後我們掛斷電話，這算某種默契吧？話說完了，不需要說再見，因為知道想溝通的事情已經說完了，直接結束通話就好，不用特別說聲再見。

第二天，我跑到上海科技博物館去玩，這博物館真是太精彩了，好像來到

環球影城的某個電影場景裡，或是迪士尼樂園裡的侏羅紀公園。我在熱帶雨林那一區晃了好久，喜歡雨林裡那些大型植物、昆蟲、蝴蝶、鳥類，還有濕潤的空氣，這有點像阿敏他的移動島嶼樂園某一區，讓人流連忘返。我們大概都想藉由某種夢境，離開現實一陣子吧？但想想，流失里對一般人來說，難道不是一種夢境嗎？所以，我身在這個夢境裡，都還是煩惱充滿、感情無所依靠嗎？

胡思亂想，一下子時間就過去了，傍晚，我又乖乖到外灘第一排餐廳去報到。

今天選了一家日本料理餐廳，服務生穿著和服上菜。

我叫了一大盤生魚片，然後點了一瓶清酒，看河景享受美食，大概很多人的幸福就在這樣一瞬間的時刻吧？

「魏董，您好久沒來啦？」服務生拉開我隔壁桌的椅子，一位年近七十，梳著包頭的老太太坐下來。

我的耳朵跟眼睛同時都打開了！長得真像魏民！我心裡有個預感，突然這次任務裡的疑惑，全部都有了答案。

我靜靜地等老太太把菜點好，然後轉頭對老太太問好，「嗨，您好，自己一個人來吃飯？」

「對啊，你也是一個人？」老太太笑起來跟魏民簡直一模一樣。

「是啊，我一個人來上海旅行～」我突然覺得自己有點世故了，懂得先跟陌生人聊天，才開始切入正題。

「你就吃一盤生魚片啊？這樣吃得飽嗎？」她的聲音很柔軟，聽起來像耳朵吃棉花糖一樣舒服。

「因為今天一整天都吃肯德基，熱量太高了！哈哈！」我傻笑。

「不過，這一大盤生魚片，熱量也不小啊！」她笑著指指我那盤生魚片。

「我叫時計，初次見面！」

「叫我魏媽就好！」「魏媽！」說著我們兩人都笑了。

服務員走過來問魏媽，「魏董，要幫兩位併桌嗎？」

「可以嗎？小姑娘！」我點點頭，於是我們併桌坐在一起。

她點了一份冷麵外加一份烤鯖魚，我們互相舉杯喝著清酒，聊聊我這兩天

走過哪些景點。她還建議我一定要去淮海路散步，那條街的法國梧桐，任何時候去都是浪漫的。

魏媽很健談，聊著聊著時間差不多過了兩個多小時，我們吃飽喝足，她提議再來份甜點，我當然說好。

趁著服務員清理桌子，我故意不經意的把那小小玻璃瓶拿出來，放在桌上。

幾乎有八成以上的失物主面對原本屬於他們的東西，都會顯出驚訝的表情，但是魏媽沒有，她只有冷冷地問我，「你這小瓶跟我的好像。裝著什麼嗎？」

什麼，難道不是她的？我想錯了？是別的老太太的？

我傻笑以對，沒有說什麼，因為我還沒有把事情理得很清楚，不知該怎麼回她？

然後她打開包包，拿出一個小玻璃瓶，跟我帶來的一模一樣！

「這是我兒子的眼淚……」我瞪大眼，看著那瓶眼淚，裝滿一小瓶，那眼

淚量也很多的。

「只是象徵性的眼淚，裡面就是礦泉水～」說完她無奈地笑笑。

「你兒子現在在哪呢？」我小聲的問，生怕激怒她或讓她傷心。

不過也許是經營企業讓她與一般人不同，她情緒非常穩定的回答我：「離開了，不知道去哪？也很久沒有消息。」

「嗯，想聊聊嗎？」反正今晚我也沒事，也想聽聽魏媽的故事，總是難得的緣分。

甜點來了，她點紅豆湯圓，喝了一口紅豆湯，她說：「這是魏民最愛吃的甜點。」

小玻璃瓶不是她的，但魏民是她兒子！我心裡有至少中了一半特獎的感覺！

「他就是不願意媒妁之言，也不願意接受安排的婚約，但那時候公司都快倒了，他爸爸堅持他一定要接受家裡的安排，大吵一架之後，我就再也沒見到他了。」

「就是一般家庭的人倫悲劇，再普通不過了，沒什麼！」說完她淡淡地笑，一面繼續喝著紅豆湯，還說今天的湯圓比較好吃。

我不知道該接什麼話，她很淡定，所以我繼續吃著我的烤布丁。

「他離家之前，來我房間跪著，邊哭邊說他不能照顧媽媽了，要出去闖自己的事業。我很少看到自己的兒子哭得那麼傷心，他個性內斂，這樣大哭，想必是做了很大的決定。男人與男人吵架，很容易變成世仇，尤其是父子，那簡直是今生理不開的結！只可惜結也不用解了，他爸去年走了！」語氣好像到巷口買個水果一樣稀鬆平常。

然後她吃完紅豆湯圓優雅的擦擦嘴角，對我說：「說吧，你到底為什麼接近我？我猜你應該見過魏民……」真是睿智的老太太！

我把小玻璃瓶轉過去，把有字的那一面轉向她，上面寫著一排很小的字：

「給媽媽」

她看著那排字，眼淚默默地流下來，身體卻一動也不動！

「跟我去瑞士吧！魏媽！」我的手穿越桌子握住她的溫暖而小巧的手，看

似冷血卻深情的老太太，讓我的心，酸了一下。

*****

回到飯店，我打電話給里長，問他我是不是已經找到失物主了？因為我知道，只要我一找到主人，里長的大本子裡就會出現紀錄。

「時計，是找到了，但我們除了不能告訴別人失物從哪來之外，也最好不要涉入太多的感情。」我知道里長這樣告訴我，是因為他清楚魏民是我跟阿敏都熟識的人。

這讓我想起我搞砸的第一個任務，就涉入了太巨大的感情！才會有我與Anna的遺憾！

魏媽幫我買了張商務艙的機票，一起往瑞士的飛機上，她都往窗外看，然後打開特意帶來的相簿，一頁頁重複翻看。我不敢打擾她，他們母子應該至少十年以上沒見面了吧？我從側面看著她臉上的紋路、頭上的白髮，一個失去獨

生子十年以上的母親，是怎麼熬過那段孤獨的日子，同時還要堅強的扶助先生度過公司難關？人生真是太不容易了！

如果換作我是她，我能辦得到嗎？「弱小的時計，你就乖乖的把里長交代的工作做好吧！這也是不容易的工作啊！」我在心裡默默對白。

去瑞士之前，我事先與阿敏通過電話，我告訴他這次的任務跟他的秘書有關，然後把詳細情形都告訴他了，他只問我：「要讓魏民去接機嗎？」

我們倆都猶豫了一會兒，最後異口同聲：「讓他去吧！」

因為我們知道，只有這樣，才能出其不意的衝撞內心，打開許久的鬱悶，讓心裡那個黑暗的地方突然照進烈陽，措手不及，最後就只能聽從自然的安排，這場人生戲劇，會是怎樣的結局，就會往那個結局前進！

我跟阿敏之前對魏民的了解真是太少了，他是上海的商人世家沒錯，但一直以為他與父親關係很好，真的是他爸爸要他留在國外，等歷練成熟再開家公司兩邊互通有無。

結果出人意料，原來他與家人分隔這麼多年沒見。甚至經常回上海，也

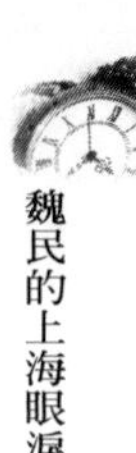

路過家門不入。老實說，我生在單純的環境裡，如果是以前我可能真的無法理解，但認識Anna，與她分隔世界兩端，想見卻見不到、不能見的傷痛，無處可以獲得解決的困境，我真的徹底地能體會了。

有時候失物只是當我們面對任務的對方，挖開那塊需要被發現角落時的一把鑰匙。

在蘇黎世機場降落，我一邊幫魏媽拉行李，心裡一面很緊張，擔憂等下他們母子見面，會發生什麼樣的場景？出關了，遠遠看見阿敏高大的身體擋在魏民面前對我揮手，我緊張的看著他，然後用眼睛給他暗示走在我前面那位瘦小細緻的老太太就是魏民的媽媽。

他默契十足的側身，把魏民往前推，魏民就在完全沒有心理準備的狀態下，遇見他白了頭髮的母親。

我以為會有一場大聲呼喊擁抱或是生氣對話的場面，但是沒有！

母子倆安靜的對看，魏媽還是一貫優雅，魏民還是如常的溫文儒雅，他們只互相往前一步，握住對方的手臂，拍拍彼此的背，然後推開彼此，微笑面對。這就是上海企業家族的修養與內斂嗎？十幾年後這樣淡然的會面，是因為彼此都懂得，還是因為彼此都原諒了？

往阿敏湖邊別墅的路上，母子坐在車後座，一路安靜，沒有閒聊，我跟阿敏坐在前座也不敢開口說話，車內一路無聲，直到抵達目的地。

那晚，我跟阿敏待在客廳，看著湖岸邊的庭園座椅上，魏媽一頭白髮，靠在魏民薄薄的肩膀上，兩人沒有什麼互動，彷彿他們正在用心電感應交談，就這樣坐了一整晚。

所謂失物，原來並不真的是失物主遺失了什麼而被流失里接收，也可能是一種象徵，例如魏民的眼淚。他並沒真的遺失一小瓶眼淚，魏媽也只有一瓶帶在身上卻並沒有遺失、象徵眼淚的礦泉水，也沒有真的誰遺失了一小瓶寫著「給媽媽」的眼淚。有時候失物只是當我們面對任務的對方，挖開那塊需要被發現角落時的一把鑰匙。

後來的一星期，阿敏讓魏民休假，讓他帶著媽媽遊瑞士，甚至給他無限期的假期，讓他可以好好考慮是否要跟魏媽一起回上海。

本來，我完成我的任務，就該回流失里去了，但里長說，最近沒有什麼緊急的任務，讓我留在瑞士了解一下阿敏公司的狀況。以前，我會覺得這真是太棒了，因為我可以跟阿敏在瑞士好好玩樂。但現在，這對我來說是一種沉重的負擔。我心裡的某一塊，很怕面對阿敏。

愛丁堡公園的畫冊

阿敏很興奮的把他下個三年的新計畫：「遺失島嶼遊樂園」改名「流失島嶼遊樂園」的規劃圖給我看，並且仔細地解說了新的旅遊方式，這一次將限制只能讓家族或家庭參與，暫時要先讓單身貴族們失望了。因為這三年，他想讓大家族溝通、小家庭衝突都能在這個旅遊中得到一點解答或是舒緩。每次行程大概25～30天，行程中他會安排最優秀的心理諮商師參與。

這個計劃讓我歎為觀止，我不斷稱讚阿敏，真是天才！

但也許是心靈太相近了，這段時間沒有魏民跟在旁邊，變成我們兩人近距離相處，他總會不自覺的想要擁抱我，而我只能巧妙的迴避。

最後我考慮清楚了，一定要跟他說明白。

但還沒找到適當時間說出口，晃蕩不到二天，里長突然打電話來：「時

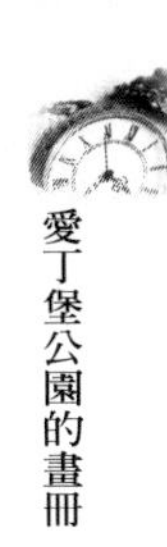

計，你那離英國近，我想讓你跟阿敏一起去愛丁堡出任務。有件遺失物正在國際快遞的路上，明天你們應該會收到，我前天寄出去的。」說完，里長特別對我說：「時計，我知道你第一次去愛丁堡執行任務發生了一些事，但有時候老天就是喜歡跟我們開玩笑，你就當作是跟上帝彼此之間的默契吧！」掛完電話，我滿頭霧水，里長這麼說，難道是早就知道在愛丁堡發生過什麼事？里長在電話裡很簡短的就結束話題，我也不想仔細多問他到底知道些什麼，只能掛掉滿是問號的電話。

但一直等了快一個星期才等到里長寄來的快遞，這個星期過得特別慢，我快被阿敏逼到牆角去了，他每天早上親手做早餐，中午就從辦公室離開陪我逛瑞士，有別於讀書時的勾肩搭背，互相鼓勵、甚至互相搞怪的兄弟默契，被一股濃情蜜意取代，我實在消受不起，很想大聲拒絕，告訴他我真的不喜歡男生！但我就是不敢！我怕一說出來，萬一他可以接受卻不肯接受或價值觀完全無法接受，那就會傷害到我們之間的友誼，以後連普通朋友都做不了。

終於等到快遞，我迫不急待打開，阿敏跟在旁邊等著看到底是什麼？是

一本畫冊，裡面有素描、水彩、還有壓克力顏料塗鴉，畫得大多是公園的樹，還有一隻黃金獵犬伸出舌頭像在對著畫圖的人可愛的笑著。翻來翻去，看不出有什麼多的線索，覺得難度很高啊。我問里長，這次要找到失物主有什麼建議嗎？

里長只回我：「你去過的公園！」

霎時我的心一下飛到愛丁堡那座公園，還有站在那座公園旁扮演芭比娃娃的街頭藝人Anna，甚至冰冷空氣中的環境芳香都已經竄進鼻子裡，彷彿真得聞到了。

我覺得無所不知的里長，安排這次任務給我跟阿敏，隱藏了什麼里長「善良的詭詐原因」在裡面，我有危機四伏的感覺，如果我去了碰到Anna怎麼辦？裝作忘記她了、不認識她？還是把自己內心最真誠的感覺告訴她？

但是告訴她又能怎樣呢？我既不能帶她回家，也無法跟她長住在一起？但也許我想得太多，也許她早已找到可以真正陪她共度一生的人了？

或是，他早就忘記我了？但Anna曾經問過我，是否相信一見鐘情？一見

鐘情的愛情，很難忘記吧？到現在，我都還忘不了她那頭長髮，以及擁抱著她的身體時，那令人全身感動到顫抖的溫暖與柔軟。

「時計，你在想什麼？里長的話讓你不開心嗎？」里長只要打電話來，通常我會把電話開成擴音，在阿敏面前，里長的來電，沒有秘密。里長說到關於我的事，也很簡短，不清楚的旁人不會明白他在說什麼。即使是我本人，都不清楚里長是從哪裡知道我在愛丁堡發生的事情。

「阿敏，我們要現在就出發？還是準備一下明天再出門？里長把地點說得很清楚，這樣我們大概可以很快就完成任務。不過回程我想直接回流失里了。」本來我答應要在瑞士陪著阿敏，直到魏民跟魏媽旅遊盡興、放假放過癮回來我再走，但看現在阿敏這種一往情深的狀況，我還是早點回家比較恰當。

阿敏眼睛看著我，還沒想清楚我話裡有什麼含義，最後慢慢地回答我：「明天出發吧，我先請公司的人買機票。」然後說要開車載我出去玩，做為這趟來瑞士工作，離開前最後的觀光。無可拒絕，跟他出遊總是開心高興的，只要他不要再過來摟我的腰，或是想要擁抱我。

出發往愛丁堡的路上，我們兩人在猜那本畫冊到底是小孩子的？還是大人的？筆觸比較像是男性還是女性？但沒什麼結論，很多事情總是以你意想不到的結局出現。

*****

又是愛丁堡的八月，每年一次的愛丁堡藝術季又開始了，我跟阿敏要前往那個遇見Anna的公園，一顆心浮躁不堪。甚至連阿敏跟我說話，都無法專心聽他在說什麼。「時計，你身體不舒服嗎？還是時差還沒有調過來？」大概我晃神的樣子太明顯了，

他忍不住問我，但我面對他時，卻有種心驚膽跳的心情。好像心裡藏著這個祕密，萬一真的在公園又碰見Anna扮演的芭比娃娃，我做的壞事就要東窗事發一般。這對我跟阿敏都不公平，我應該早點告訴阿敏我的性向，這樣才能夠以最真實的我面對他，而他也能走向適合他的女性。

阿敏是個足智多謀的人，但是面對感情卻把大腦智慧處理器關起來，他選擇靠感性去面對感情，但這或許也是仔細思考過後的選擇吧？

抵達愛丁堡的第一餐，我避開英式茶館的選項，慫恿阿敏去吃中國餐廳，我怕他在公園附近閒逛找餐廳，一不小心就會走進Anna的餐館，我還沒準備好怎麼應對，同時我也希望，永遠不需要面對尷尬難解的情境。

回到旅館，我跟阿敏在飯店大廳討論怎麼海底撈針，把畫冊主人找到。阿敏想到一個最快速直接的辦法，就是弄個畫架，把畫冊放在上面供人免費閱覽。但是要翻閱有個條件，就是必須要簽名、並且留下一個小塗鴉或是一句贈送給孤兒院小朋友鼓勵的短句。

起先我只是疑問：「這不是名家作品，誰會想要來翻閱呢？」

阿敏笑著說：「互動的活動，多少總能吸引看熱鬧的人，當看熱鬧的人多了，就可能引爆我們根本猜想不到的結果。」

這個互動活動，怎麼開頭呢？阿敏想了一個我覺得還算吸引人的標題：「A general painting may touch you, too.」阿敏說：「愛丁堡藝術季都是熱鬧的

藝術活動，符合一下潮流，圖畫本來是安靜的，但是互動設計可以讓欣賞畫作也變成行動藝術，只要巧妙的安排一下。」一切聽從阿敏的安排，可以全然放心，這種信賴感只有在他身上可以找到，這是多少女生想要的特質，可惜我真的不愛男人。討論結束、準備工作完成，天已經快亮了，我們準備回房間好好睡一下，預計中午吃完飯後開始工作到下午茶時間，這段時間人潮會比較多。阿敏站在我房間門口不想走，我只對他說：「阿敏，回去睡吧，你個子高、虛胖，需要更多睡眠。」他貼近我，緊緊抱著我，親了我的額頭，順從的回房間，我鬆了一口氣，心裡想著又逃掉一回。

第二天早上，阿敏穿著燕尾服、頭戴高帽子出現，我配合他穿著淡藍色短蓬蓬裙洋裝，把配好的畫架帶著，兩人一起前進公園加入行動表演藝術者的隊伍裡，我還是一樣心驚膽顫，真的太怕萬一遇見Anna，我完全不知該如何面對她，所以我今天特別帶了古典的眼罩。

下午逛公園的人潮陸續出現，一開始沒什麼人注意到我們，但是阿敏把好久沒練習的魔術表演，透過昨天晚上的熬夜磨練到很純熟，現在藉由他的巧手

魔術，把公園裡閒逛的人，吸引到畫架前，然後我配合阿敏翻開畫冊，給吸引到畫架前的人閱覽，假裝這本要還給失物主的畫冊是一本我們早已完成、要給孤兒院的鼓勵畫本，畫冊旁我們還特別放著另一本空白畫冊，我對被吸引前來的人說明：「請和我們一起共同完成贈與孤兒院的鼓勵畫本！寫一句鼓勵的話或畫一個小插畫鼓勵孩子都歡迎！」

有可愛的小朋友被魔術吸引過來，拉著爸爸媽媽一起看畫冊，畫冊裡面的那隻黃金獵犬特別吸引小朋友，有個小妹妹特別花了時間在我們準備的大繪本上，耐心畫了一隻小一點的黃金獵犬，說要給原來畫本上的那一隻作伴。我特別送她一串足以讓她飛起來的氣球，她跟家人一起心滿意足微笑的離開。

有幾個觀光客，應該都是讀大學的年紀，站在畫冊前翻閱那些畫，其中一個人說：「畫這本畫冊的人，之前一定是常在公園走動的流浪者。」

「對啊，聽說當地政府為了讓有些身心狀態不是很好、無家可歸的流浪者有個心靈寄託之處，會要求他們認養寵物陪伴。」

「這些公園的景致，好像就是畫這個公園呢？」

然後我遞上畫筆給他們，他們開始在旁邊的大畫本上塗鴉，一個男學生畫了一隻鳥，寫著：「讓心靈自由」，另一位女學生畫了一顆紅心，寫著：「溫暖存在世界每一個角落。」

人潮漸多，圍在畫冊前面塗鴉留言的人也多起來，有位老奶奶畫了一顆花椰菜，寫著：「每一天我們都需要找人聊聊天，就像每天需要吃一點蔬菜一樣。」這應該是老奶奶的心聲吧！

我準備的氣球快要不夠用了，但是畫冊的主人好像還沒有出現，也許已經出現了，只是我沒有發現，因為還要應付看畫冊的人群，無暇仔細觀察每一個曾經來閱覽畫冊的人。

只要有愛，什麼事情都可以克服的，不是嗎？是吧！

忙碌了一下午，公園附近的人潮漸漸散去，天色也暗了來。阿敏跟我決定今天就先結束，等下去補充氣球，再把塗鴉本增厚頁數。東西收拾的差不多，

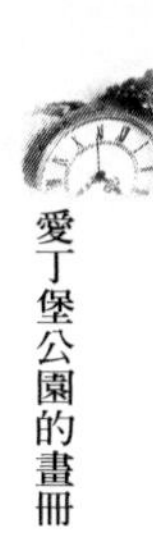

準備要離開了，遠遠看見一位灰金髮色的真人芭比，穿著粉紫色長裙，手上勾著工作袋從公園另一頭慢慢走過來。我太清楚那個走路的姿勢，因為我曾經跟著這個走路的姿態一路走回她的餐廳。

心跳能夠加速到一分鐘200次嗎？如果可以，我現在的狀況正是如此，但我們絕對不能相見，我加快腳步逃離現場，阿敏跟在後面跑，完全不清楚狀況，氣喘吁吁地問我：「你肚子很餓嗎？走這麼快要去哪？」阿敏高大卻稍胖，幾乎跟不上我的腳步。

最後他抓住我的手，把我拉進一間餐廳：「時計，不要一直衝，就在這吃飯吧！有那麼餓嗎？真是的！」

我的眼睛簡直就要花了，天旋地轉站不穩，這是弄巧成拙嗎？被拉進的餐廳是我一直要避開的、絕對不能進入的餐廳！我呆站在那，想要轉頭就走，但是阿敏已經把我壓進座位裡。這就是阿敏，溫軟柔弱的女人絕對會喜歡的阿敏，需要的時候，他會強迫女性配合他，展現男性陽剛之氣。可惜待在我身邊，就浪費了一位真好男人。

老闆娘Kate遠遠睜大眼睛看著我，她應該是一眼就認出我了。手上拿著菜單過來，意味深長望著我：「時計，好久不見！」

阿敏完全弄不清楚狀況，還開懷笑著對Kate問著：「老闆娘認識時計？世界真小！」

Kate淺淺笑著回答他：「對啊，幾年前她來愛丁堡時，在我們這裡下午茶。」

「你們先看看菜單，等下我來幫妳們點餐。」然後請人先送一壺紅茶過來。

「時計，你看這麼巧，這真是老天的安排，讓我陪你來你到過的餐廳。」他的思考完全是另一條緯度，他很高興能到我到過的地方，跟我一起在曾經用餐過的地方用餐。

對阿敏，我只有一萬分的愧疚。

點完餐沒多久，餐廳門又開了，Anna穿著粉紫芭比娃娃裝進來了，我把頭低到從門口張望也看不見臉，因為餐廳實在太小了，一眼可以看完所有客人

的面貌。但這只是頻死前的掙扎而已，因為Kate一定會告訴Anna我出現了。食之無味的吃著炸魚薯條，伴著阿敏談論遺動島嶼樂園計畫下一年度計畫的嗡嗡聲音，完全無法專心聽他說些什麼，只能支支吾吾有一搭沒一搭的應聲。

感覺旁邊座位緩緩地坐進一個人，一頭黑髮、穿著白色洋裝的Anna就在我旁邊，她對阿敏點頭微笑，沒有自對阿敏我介紹，只把溫暖、柔軟的手伸過來，握住我的手，讓我停止進食，眼睛專注的看著我：「時計，不用逃避的，不管你的苦衷是什麼，我都能體會。」

「就當你是我失去的妹妹，隨時，只要你想我，就可以來找我。我懂失去的滋味，不想再度失去的方法，就是、讓每一個人都自由。」然後她緩緩起身，對阿敏微笑點頭，開了餐廳的門走出去。

Kate過來，再度補上一壺她親手泡的、世界上最好喝的紅茶。

我的眼淚止不住的流下來，再遲鈍的人都會明白，我跟Anna有深厚的感情，哪怕只是相見一次、相處一晚。

阿敏無語一整晚，第二天我們完成了工作。

遺失那本畫冊的人，就是畫了小小黃金獵犬的小女孩的父母。好幾年前他們在公園相遇，兩個流浪的靈魂相愛，就再度想要找個屋頂築巢、認真生活，生下小女孩，換房子搬家時，就把畫冊丟了。

丟掉畫冊是因為他們猶豫是否要把自己曾經衣食不足、甚至沒有一個屋頂，渾渾噩噩流落街頭的事情，讓自己的女兒知道。但在公園看到那本兩人流浪時共同完成的畫冊，還有自己女兒充滿愛心的反應，以及畫冊引起眾人關注的迴響，決定要把畫冊要回來，將這些經歷留給女兒，作為女兒人生成長的養分。

只是他們問我跟阿敏：「你們怎麼會有這本畫冊呢？」

阿敏只回答：「我們曾經跟你們一樣迷惘過！」

很多人有同樣的迷思，當我們回答他們心中更深一層的、真正的關切時，他們就會忽略原本的提問，這是個奇怪的現象，我在執行任務時，常碰到同樣的情形，也許應該去攻讀一下心理學了。

「如果我們把畫冊拿回來，那孤兒院的孩子怎麼辦？本來要用這本畫冊鼓勵孩子們的，對嗎？」他們擔心地接著問。

「不擔心，有那麼多有愛心的人參與了另一本大畫冊的完成，把他們的鼓勵與關心留在上面啦！」我趕緊回答，解除他們擔憂的問題。

只要有愛，什麼事情都可以克服的，不是嗎？是吧！

遺失座標的阿敏

阿敏連著好幾天不說話，我不敢告訴里長。但里長那個人無所不知，他的神秘大本子也許也會記錄這些事情嗎？

跟阿敏回到瑞士，我把第一次出任務，在愛丁堡認識Anna，以及後面發生的事全部都告訴他了。

我不清楚那一瞬間，我在他心中變成什麼樣的人？或是他的心裡發生了哪些實際上的變化？但我立刻明白，阿敏是真的很愛很愛我，是哪種可以用一生去等待的熾愛！

但他愛的不是真正的我，而是他眼中的另一個我。相對於我之於Anna的愛，濃烈太多了！

後來發生的事情，我已經記不清楚，因為那又是一場更混亂的場面，阿

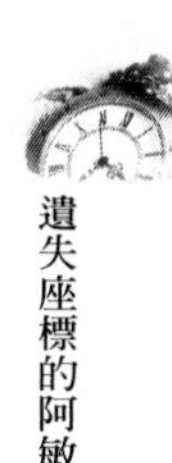

敏把日內瓦湖邊別墅裡的東西全收乾淨，消失的無影無蹤。某天早上當我起床時，才發現一切都太晚了！而我，不斷自責，我竟然還睡得著，並且毫無知覺他已經離開！

阿敏的座標不見了，他跟他創辦的「移動島嶼樂園」，一起隱身在地球上不知哪個角落，連魏民也不知道。或許，對於阿敏來說，我對於他，是一種極大的背叛，關於他對愛情的價值觀、對這世界所有一切認知的背叛。

對於這世界，我們已經不能從一般人的視點來看，世界對於流失里的人來說，是另一種空間的存在，我們無法正確的認知世界，也無法認真的看待世界，因為我們不在地圖上，也沒有落定的地址，只能漂浮、輕而淡的面對生活。

我們只有彼此，里民只能彼此真誠的面對，甚至連相依的愛情，也只能依附在里民彼此身上，這也是為什麼子薇常常在自己的畫裡迷路，雍奇常常在他的小植栽中沉默。

所以，我大概能理解阿敏的反應為何如此劇烈，或許從他創立「移動島嶼

遊樂園」開始，就是對流失里的一種反抗，他想讓世人見識到另一個複製的流失里，他想突破那個不可說的祕密，與情感依附如沙漠般的流失里。

我心情灰色了很久，已經長達半年沒有出任務了，深深覺得很對不起里長，但里長很淡然，只對我說：「我們都在一座移動島嶼上，除了自己心裡的經緯度，無法窺知他人內心的。那麼就在自己的經緯度上，好好過日子，並且要積極且快樂著！」

這就是我們的故事，關於流失里，我們身負某種奇怪的使命，里民生活在某種安全富足的保護罩內，但每個人卻也都有世俗的煩惱，關於那些愛恨情仇、失去與獲得、離別與重逢。

時計　於　流失里

月亮曆二〇二〇・三・二〇

後記

突然想寫一本小說，寫著寫著，人生就這樣進入了很多個轉折點。

從來沒有想過，人為何生到這個世界上？生命的意義是什麼？

但是，每天要讓自己生活得很快樂，卻不是一件容易的事，甚至比思考人類生活的目的是什麼？還難！

尤其是週末早上睡到接近中午醒來時，會突然全身冒汗，覺得生命就這樣被白白浪費了。流失里，就是這樣莫名的在電腦前，敲打鍵盤自然產生出來的故事。

認真的、愉快的生活，享受每一天地球上的每一個人盡力完成自己工作，所營造出來的物質世界，不要讓自己生活得遺憾，也許就是生活得理直氣壯、快樂充滿的方法吧！

僅把這本小說獻給我的父親，謝謝他與母親給了我生命，同時讓我恣意妄為活到現在，充份享受生命中每一個發生。同時我也相信，父親也是這樣度過自己生命中的每一秒。

文刀莎拉

釀小說101　PG2150

流失里

作　　者　文刀莎拉
責任編輯　鄭夏華
圖文排版　林宛榆
封面設計　蔡瑋筠

出版策劃　釀出版
製作發行　秀威資訊科技股份有限公司
114 台北市內湖區瑞光路76巷65號1樓
電話：+886-2-2796-3638　傳真：+886-2-2796-1377
服務信箱：service@showwe.com.tw
http://www.showwe.com.tw
郵政劃撥　19563868　戶名：秀威資訊科技股份有限公司
展售門市　國家書店【松江門市】
104 台北市中山區松江路209號1樓
電話：+886-2-2518-0207　傳真：+886-2-2518-0778
網路訂購　秀威網路書店：https://store.showwe.tw
國家網路書店：https://www.govbooks.com.tw
法律顧問　毛國樑　律師
總 經 銷　聯合發行股份有限公司
231新北市新店區寶橋路235巷6弄6號4F
電話：+886-2-2917-8022　傳真：+886-2-2915-6275

出版日期　2019年1月　BOD一版
定　　價　220元

國家圖書館出版品預行編目

流失里 / 文刀莎拉著. -- 一版. -- 臺北市：釀出版, 2019.1
面； 公分. -- (釀小說 ; 101)
BOD版
ISBN 978-986-445-294-1(平裝)

857.7 107018416

讀者回函卡

感謝您購買本書，為提升服務品質，請填妥以下資料，將讀者回函卡直接寄回或傳真本公司，收到您的寶貴意見後，我們會收藏記錄及檢討，謝謝！

如您需要了解本公司最新出版書目、購書優惠或企劃活動，歡迎您上網查詢或下載相關資料：http:// www.showwe.com.tw

您購買的書名：____________________

出生日期：________年________月________日

學歷：□高中（含）以下　□大專　□研究所（含）以上

職業：□製造業　□金融業　□資訊業　□軍警　□傳播業　□自由業
　　　□服務業　□公務員　□教職　□學生　□家管　□其它_____

購書地點：□網路書店　□實體書店　□書展　□郵購　□贈閱　□其他

您從何得知本書的消息？

□網路書店　□實體書店　□網路搜尋　□電子報　□書訊　□雜誌
□傳播媒體　□親友推薦　□網站推薦　□部落格　□其他__________

您對本書的評價：（請填代號　1.非常滿意　2.滿意　3.尚可　4.再改進）

封面設計____　版面編排____　內容____　文／譯筆____　價格____

讀完書後您覺得：

□很有收穫　□有收穫　□收穫不多　□沒收穫

對我們的建議：____________________

____

____

____

請貼
郵票

11466
台北市內湖區瑞光路 76 巷 65 號 1 樓
秀威資訊科技股份有限公司 收
BOD 數位出版事業部

（請沿線對折寄回，謝謝！）

姓　　名：＿＿＿＿＿＿＿＿　年齡：＿＿＿＿　性別：□女　□男

郵遞區號：□□□□□

地　　址：＿＿＿＿＿＿＿＿＿＿＿＿＿＿＿＿＿＿＿＿

聯絡電話：(日)＿＿＿＿＿＿＿＿(夜)＿＿＿＿＿＿＿＿

E-mail：＿＿＿＿＿＿＿＿＿＿＿＿＿＿＿＿＿＿＿＿